地海巫師

A Wizard of Earthsea

娥蘇拉・勒瑰恩
Ursula K. Le Guin

地海六部曲｜第一部

蔡美玲——譯

娥蘇拉．勒瑰恩的文字非常優美豐富，是我最喜歡的女作家之一。

——村上春樹，日本當代作家

想像力豐富，風格上乘，超越托爾金，更遠勝多麗絲．萊辛。勒瑰恩在當代奇幻與科幻文學界中，實已樹立無人可及的範例。

——哈洛．卜倫，西洋文學評論家，《西方正典》作者

太初之道即為「言」：言說是魔法最始初的形式與真名。在這套作品出現之前，從來沒有任何一部奇幻文學將此意念闡述得淋漓盡致。藉著娥蘇拉．勒瑰恩的書寫，還原回鮮明面目的語言、真實，以及聖邪兩極之間的無數微妙地帶。此套奇幻小說所再現的事物，是渾然互涉的陰陽魔力，也是比現實更真切的「真實」。

——洪凌，作家

勒瑰恩是科幻小說界的重量級作家之一。她的這部作品同時具有經典及入門的意義，值得細細品讀。

——廖咸浩，台大外文系教授

同樣寫巫師、談法術、論人性，看「哈利波特」乃知其然，而讀「地海傳說」則知其所以然。「地海傳說」情節緊湊，意喻深玄悠遠，揉採東方哲思，兼及譯文流暢，讀來彷入武俠之境，令人沈陷迴盪。這部二十世紀美國青少年幻想小說經典作品，你不能擦身而過。

——劉鳳芯，中興大學外文系副教授

地海世界的奇幻之旅，在無限的想像力中蘊含深意，只要你還保有童心，都應該先睹為快！

——幾米，繪本作家

關於事物的精確真言，必同步投影出其所未言。勒瑰恩透過地海世界的傳奇言說，投影出榮格與道家的思想神髓，引領我們重新思考自然、想像、年齡與個體轉化的形變過程。當代讀者的冥思之海中，將因地海傳奇而重塑勇氣、正義的形象，感受語言魔力與俗民神話的力量。

——龔卓軍，南藝大造形藝術所副教授

勒瑰恩在這部優異的三部曲中創造了充滿龍與魔法的「地海世界」，已然取代托爾金的「中土」，成為異世界冒險的最佳場所。

——倫敦週日時報

一如所有偉大的小說家，娥蘇拉．勒瑰恩創造的幻想世界重建了我們自身，釋放了心靈。

——波士頓全球報

她的人物複雜，令人難忘；文筆以堅韌優雅著稱。

——時代雜誌

「地海」的魔法乃作者本身魔力的隱喻……勒瑰恩填補地海歷史空缺的手法，令已熟悉地海世界的讀者感到欣喜；初次接觸地海的讀者則發現，儘管書中人物似乎只是面對個人衝突，其抉擇往往影響整個世界的命運……令人難忘。

——紐約時報（《地海故事集》推薦）

【推薦導讀】

如何知曉海中每一滴水的真名？

幾年前我應邀到柏克萊大學演講，安德魯．瓊斯（Andrew F. Jones）教授與台灣的研究生楊子樵，帶著我到舊金山灣的秘境散步。那是一處填海造陸所形成的小半島，被當地人暱稱為“bulb”。海邊住著一些「無家者」和藝術家，他們用撿來的材料搭建簡易房舍，並以廢棄物創作。我們看著和太平洋截然不同的水色，幾隻帶著金屬感的綠色蜂鳥在花叢穿梭，灘地上鷗鳥和鴴鳥成群覓食，冠鸕鶿悠然划水而過。突然間不知道是誰喊了一聲，我們順勢望去，一隻加州海獺游過眼前。在那一刻，我想起入口處有一個簡陋的石牌，用油漆寫著library，箭頭像是指向這片海灘，也像是指向大海。

瓊斯教授本身是研究中國與臺灣流行音樂的專家，談天中提到日前邀請了長期為客家歌手林生祥作詞的鍾永豐先生演講，當時帶他一起去見了一位小說家。這位小說家正是當代奇幻、科幻文學大家勒瑰恩（Ursula K. Le Guin）。後來直到我見到鍾永豐，才知道勒瑰恩的詩也深深影響了他的創作。去年臺灣樂壇極精彩的一張專輯《圍庄》，其中〈慢〉的歌詞，靈感就是來自勒瑰恩的詩句。勒瑰恩的詩在台灣雖沒有翻譯，但她本來在我心目中就是一位詩人。能把幻奇小說寫得詩意且具有高度哲理，當世作家能與之比肩的只有少數幾人。不久之後我的版權代理人譚光磊先生傳來勒瑰恩在plurk上評論了我的小說《複眼人》，我看著這位以作品導航我的作者所寫的字句，眼前又再次出現當日舊金山灣的美麗景象。

由於自己也寫作近似科幻或奇幻的作品，常有讀者會問及兩者的差別何在？事實上不僅是中文存在著翻譯上的差異，在其它語文的國度，向來也存在著不同的意見與立場。

東華大學英美系的陳鏡羽教授曾在〈幻奇文學初窺〉裡提到英、法語在相關用詞的互譯。她認為「fantastic literature」（Phantastischen Literatur）與「literature of the fantastic」（littérature fantastique）在考量發音、歷史與文類等理由下，應該譯為「幻奇文學」，而臺灣書市常用的「奇幻文學」對應的是“fantasy literature”。

隨著時代流轉更迭，近年法國學界提出的專有名詞“la littérature de l'imaginaire”，指涉的是較廣義的「幻奇文學」，它包含了：奇幻（Fantasy）、恐怖（Fantastique）與科幻（Science-Fiction）三種次文類（最廣義的幻奇文學也包含魔幻寫實小說）。陳鏡羽教授說，法文「l'imaginaire」，多譯為「the imaginary」，意指虛幻的、非真實的想像或幻想。但翻成中文就麻煩許多，因為如果譯為「想像」，會和「imagination」造成混淆；但若譯成「虛幻想像」又有可能被誤解幻奇小說是「不合邏輯」（illogical）的。但好的幻奇文學並不是不合邏輯，而是它會建立一個特定或與真實世界交疊的時空，在那裡，自有專屬的運作邏輯。

時至今日，人類創造出的l'imaginaire，已不再限於文字作品，而是遍及詩歌、戲劇、電影、漫畫、電視、電子遊戲中。那被造出的各種異世界（如納尼亞、金剛、地心、太空）與異生命（如吸血鬼、僵屍、精靈、外星人……），正如托爾金在他的〈論仙境故事〉（"On Fairy-Stories"）裡提到的，存在著奇幻（Fantasy）、再發現（Recovery）、脫逃（Escape）與慰藉（Consolation）四大元素。創作者以人類心靈創造出各式各樣的外宇宙，最終要呈現的是心靈這個內宇宙。

與現在臺灣一般出版會把「奇幻」當成一種通俗文類來思考不同，西方的幻奇文學論述者，會從古老的文學傳統談起。包括阿普列尤斯（Lucius Apuleius）、歌德、王爾德、卡夫卡，都曾寫過幻奇文學。因此，陳鏡羽教授說，幻奇文學的討論是「立足於詩學修辭傳統，來探討幻奇敘事與想像的文學性及其詮釋學目的性和語文的歷史性」。透過這個過程，得以窺伺「跨語言文化虛幻想像的美學，與再現神話創造的共通性」。

其中法籍理論家托多洛夫（Tzvetan Todorov）的說法影響了許多人對幻奇文學的定義，他認為幻奇文學會讓主人翁在「超自然」以及「理性」之間產生猶疑，讀者也會在閱讀時，猶豫於小說裡所描述的現象，究竟是出自神怪？還是怪異卻只是一時難以理性解釋的自然現象？也就是說，作者以各種迷人、奇巧的「幻奇修辭」修辭與敘事，造成了讀者閱讀時恍惚狀態，才得以產生獨特的「幻奇美學」，以及那些存活於文字裡，讓我們不可自拔的「第二自然」（Artificial Nature）。

娥蘇拉．勒瑰恩在世界文壇的地位不只建立在通俗小說上，也立足於「詩學修辭傳統」，以及她無與倫比的「幻奇修辭」與「跨文化的想像」中。那個獨特、專屬於勒瑰恩的文本第二自然，既立足於科幻陸地，也根植於奇幻之海。

一九六九年勒瑰恩以《黑暗的左手》（*The Left Hand of Darkness*）獲得星雲獎與雨果獎，這本科幻小說透過格森（Gethen）這個星球裡兩個國度的爭戰，展現了一個奇異冰原世界的故事，直到現在都仍被視為以科幻討論性別意識的重要文本——因為格森星人是一種「無性別」，或者說「跨性別」的生命體，因此他們的文化與社會制度自然也就與我們認知的大相逕庭。

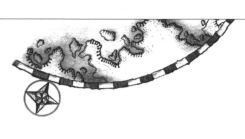

這本傑作和《一無所有》（*The Dispossessed*, 1974），以及《世界的名字是森林》（*The Word for World Is Forest*, 1976）等系列作品，都與「伊庫盟」（Ekumen）這個虛構的星際聯盟組織有關。在短篇小說集《世界誕生之日》（*The Birthday of the World*, 2002）的序裡，勒瑰恩自己說明了這個字是她在父親的人類學書籍裡所遇到的一個希臘字彙「oikumene」，意思是「不同教派的合一體」（in ecumenical）。她以數本中長篇小說與短篇小說的聯綴，建立了一個隱隱相聯結的世界。這是勒瑰恩的努力——用自己一生創作的時間，來對應一個更大時間跨度的故事星雲。這是長時間勉力經營，不斷補遺上個故事空缺，承接前行敘事線索的寫作方式。

與那個太空航行、烏托邦社會、星際戰爭的世界不同，從一九六八年起的「地海系列」，則是一個由法師、術士、龍與神的子民共存的奇幻世界。從《地海巫師》（1968）開始，直到二〇〇一年出版的《地海奇風》與《地海故事集》，創作時間長達三十餘年，地海群島典故繁多，傳說千絲萬縷卻齊整細膩，沒有一條線索未收拾妥切。與「伊庫盟」系列不同的是，這裡的人物彼此相倚，互為情人、師徒、仇敵……，它雖然「奇幻」，卻不是在遠方的星際間穿梭，而是伸手觸摸可得似的。法師們似乎就在我們生活的某處，開啟一道沒有人知道的暗門進入的時空裡，而不是幾千光年以外。

在這一系列故事裡，我們看到「雀鷹」格得如何面對「黑影」成長為法師、「被食者阿兒哈」如何以勇氣讓自己自由而恢復為「恬娜」；我們目睹了英拉德王子「亞刃」追隨格得去尋覓世界失序的秘密，和龍族族女「瑟魯」一同渡過逐步了解自己身世的時光，並且親見術士「赤楊」與格得等人聯手修補遠祖犯下的錯誤……。地海故事就像一部奇幻史書，裡頭每一個人的來歷如此清楚徵信，且都不是天生的異能英雄，而是靠著修煉與人生經驗換取成長。

學者在論及勒瑰恩的作品，往往都聚焦於性別與烏托邦及反烏托邦寓意。但近年漸漸有學者發現，勒瑰恩作品無論是科幻奇幻，毫無例外充滿了細緻的自然環境描寫，即使故事發生在遙遠的異星。

蔡淑芬教授曾寫過一篇題為〈深層生態學的綠色言說：勒瑰恩奇幻小說中的虛擬奇觀和環境想像〉的論文，探討勒瑰恩幾部小說裡的環境描述（她舉的例子部分學者會歸納為科幻小說），以生態批評來切入勒瑰恩小說，發掘裡頭充滿了綠色生態哲學。她說勒瑰恩的小說雖然套用外太空之旅的套路，但卻與高科技戰爭或異形入侵的「刺激、懸疑、動作」小說大異其趣，勒瑰恩描繪的異境是她「對自然的觀察、歷史事實的重組，以及對文明的觀察」。這一點都沒錯。特別是對「自然的觀察」這部分，勒瑰恩顯然是一位具備生物、生態知識，並且常以此做為隱喻的寫作者。

在勒瑰恩的巫師術士的奇幻世界裡，施法者必須知道施法對象的「真名」。但這些事物本然「賦名」卻與讀者所處的世界並無差異……或許勒瑰恩的意思是，在我們現今所知的「名字」背後，萬物另有其存在的真意。

比方說青年格得冒險所乘坐的船原名為「三趾鷗」，這是被他治好白內障的老船主贈送給他的。不過老船主希望他將船改名為「瞻遠」，並在船首兩側畫上眼睛，彷彿一隻海上飛行的鳥。老船主說，如此一來：「我的感激就會透過那雙眼睛，為你留意海面下的岩石和暗礁。因為在你讓我重見光明以前，我都忘了這世界有多明亮。」

而法術雖然能造風、求雨、召喚雲霧，卻沒辦法造出讓人吃得飽的東西，因為真正承載萬物的是生物循環，是無機體、有機體共構的生態系，不是幻術。在《地海巫師》裡，學藝的格得曾問專門教導技藝的「手師傅」，要如何把從石頭變出的鑽石維持住？老師傅回答他說：「它是柔克島製造出來的一小顆石頭，也是一小撮可以讓人類在上頭生活的乾泥土。但它就是它自身，是天地的一部分。藉由幻術的變換，你可以使『拓』（石頭的真名）看起來像鑽石、或是花、蒼蠅、眼睛、火焰」，但這都只是「形似」而已，物的本質並未被改變。另一位「變換師傅」雖然擁有將物變換為另一物的能力，這法門卻不能隨意使用，因為「即使只是一樣物品、一顆小卵石、一粒小砂子，也千萬不要變換。宇宙是平衡的，處在『一體至衡』的狀態。一塊石頭本身就是好的東西。」這裡頭不僅有微言大義，也充滿了深層生態學與生態中心論述的精神。

而在地海世界裡，施用法術還得依靠知識與語言文字。知識存在於書本（別忘了格得就靠書本而知曉龍的真名），也會隨著經驗、教導與外在現實而改變，法師一生都在找尋事物真正的名字。一片海不只是一片海，它是無數魚族、海岸、海潮、礁石、聲響……的名字所組構成的。唯有通曉這些事物的所有真名，才能領略世界是如何從太古演變至今，而法術也才有施展的可能性。

所以，「欲成為海洋大師，必知曉海中每一滴水的真名。」從太古留下的書籍與繁衍不息的生態世界，即是地海傳說裡的大法師們的「圖書館」與見習處。

在勒瑰恩的作品裡，有一篇收錄在《風的十二方位》（*The Wind's Twelve Quarters*）裡的短篇故事〈比帝國緩慢且遼闊〉（1971），描述一支太空探險隊登陸了編號為「world 4470」的星球。這支隊伍裡有數學家、「硬」科學家（物理、天文、地理）、「軟」科學家（心理學、人類學、生態學），生物家以及一位女性的「協調者」（Coordinator）。最特別的角色是一位童年時曾是自閉症患者的「歐思登先生」（Mr. Osden）。他是因為具有極為強大的「神入能力」（power of empathy），才被派上船的。因為人類對外星生物的形貌

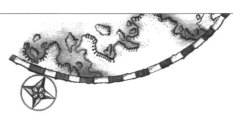

一無所知，歐思登的神入能力就像一個生命探測器。

World 4470是一個只有植物，沒有動物的世界，彼處沒有殺戮、沒有心智，只有一片寧靜的沉寂。但一次歐思登在林中被攻擊的事件後，他們開始認為這個星球的所有植物聯構成一個整體，「一個巨大的綠色思維」。人類的出現，造成了它們的恐懼，這恐懼就像鏡子一樣，反射回所有人的心底。

這支太空隊伍的組成，不就是一個「人類文明的有機體」？硬科學、軟科學、管理與工作聯構成知識體系各司其職，然而歐思登的神入（或移情）能力，最終才是與陌生文明溝通的關鍵鎖匙。這篇小說的標題"Vaster than empires and more slow"出自英國詩人馬韋爾（Andrew Marvell, 1621-1678）的知名情詩〈致羞赧的情人〉（"To His Coy Mistress"），裡頭有一句是「我植物般的愛會不斷生長／比帝國還要遼闊，還要緩慢（My vegetable love should grow/Vaster than empires, and more slow）。勒瑰恩將這詩句化為故事，讀來動人心魄，也堪稱是理解她小說核心的重要注解。

在勒瑰恩的小說世界裡，對各個星球伸出善意之手的「伊庫盟」（Ekumen）文明存在了數百萬年，背後有一個更古老巨大的宇宙；而地海世界裡的諸島文明雖不知年歲，但絕對遠遠不及大海與天地。自然存在先於任何文明，比任何文明都「還要遼闊，還要緩慢」，至今仍以無意識的「愛」包裹眾生。

當科學不斷拓展它的領地，真正的科學家，當能更深地領略人類的有限與未知的無限。而真正的作家，也不能再以純粹臆度、感性與「神入」為本，以粗糙的修辭去滿足於膚廓的幻奇了。

勒瑰恩的小說世界，既強調生命對世界的知識理解，也不斷思辨存在的意義，她所展示的是一個連「烏托邦」也充滿歧義的世界。（《一無所有》一書的副標題正是「一個歧義的烏托邦」〔An Ambiguous Utopia〕）閱讀勒瑰恩如同被「變換師父」施咒變成蒼鷹、水族、龍、異星人或遺世者，思想貧弱的作家雖然也可以寫出這般天馬行空的想像，但那些想像卻無法打動歷經世事的讀者。

但勒瑰恩的文字不同，它好像永遠比你要蒼老、世故、天真，而且洞悉人世，那是太古而來的音響，存有知曉海裡的每一滴水不可能被一一喚出真名的智慧。

——本文作者為國立東華大學華文系教授　吳明益

【目錄】

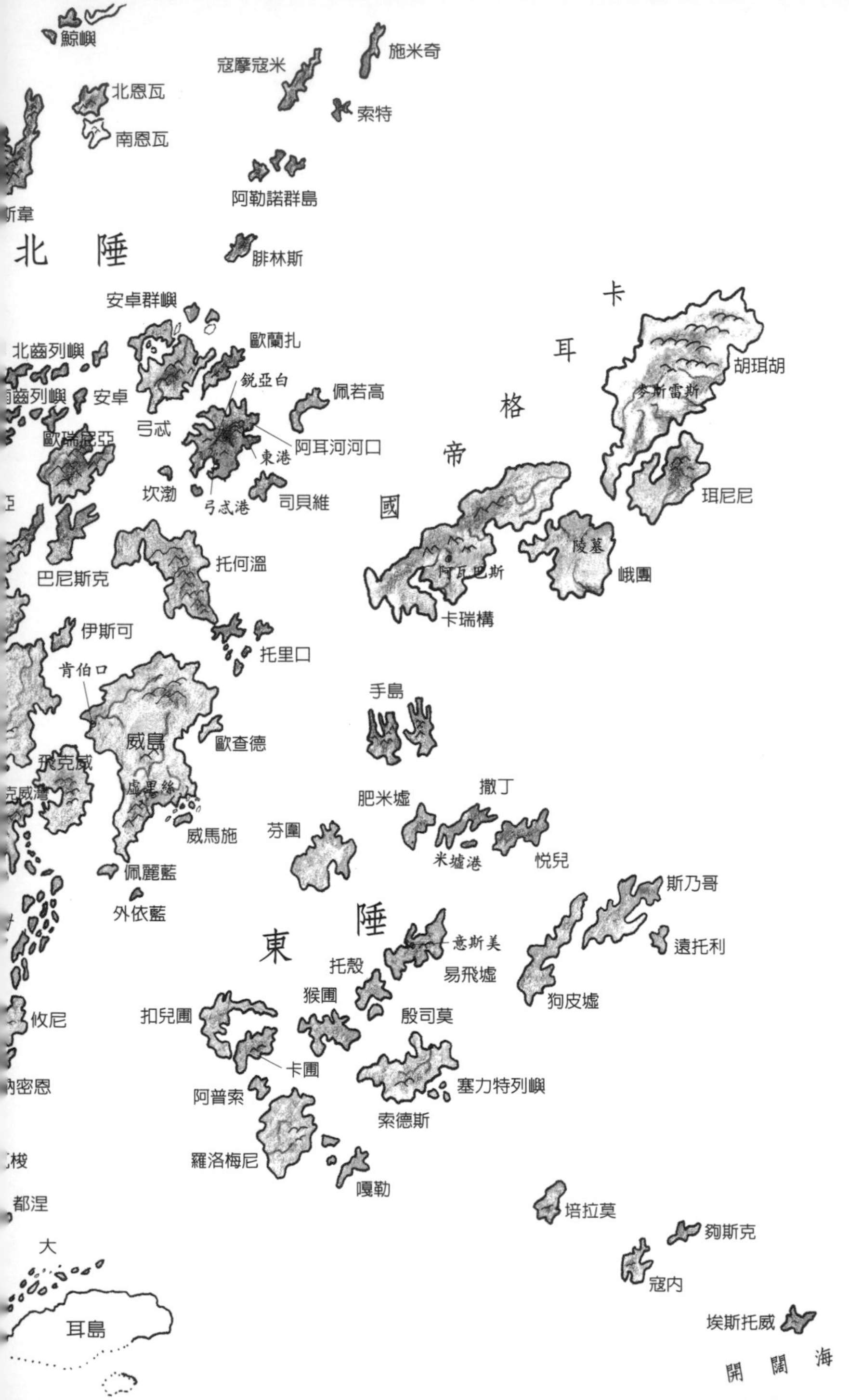
鯨嶼
寇摩寇米
施米奇
北恩瓦
索特
南恩瓦
阿勒諾群島
北陲
腓林斯
安卓群嶼
卡耳格帝國
北齒列嶼
歐蘭扎
胡珥胡
銳亞白
佩若高
麥斯雷斯
安卓
弓忒
歐瑞尼亞
阿耳河河口
東港
珥尼尼
坎渤
弓忒港
司貝維
陵墓
托何溫
阿瓦巴斯
峨團
巴尼斯克
卡瑞構
伊斯可
托里口
青伯口
手島
威島
歐查德
飛克威
虛里絲
肥米墟
撒丁
芬圍
威馬施
米墟港
悅兒
佩麗藍
斯乃哥
外依藍
東陲
意斯美
遠托利
托穀
易飛墟
猴圍
狗皮墟
扣兒圍
殷司莫
攸尼
卡圍
塞力特列嶼
阿普索
索德斯
羅洛梅尼
嘎勒
都涅
培拉莫
大
夠斯克
耳島
寇內
埃斯托威
開闊海

厚堅
博茨
梭瑞司克
甌司可
挪斯特
依波司可
突普
德群島
偕梅
道恩
安丹登山
彼西
伊彼西
帕恩
革梅
貝茨
帕恩海
裏叟
法力恩山脈
艾伯恩
斜辟墟
托寧
下托寧
厚斯克
蟠多
奈墟
內極
九十嶼
卓干
柔克
吉斯
安絲摩
瑟得
帕迪
瓦梭
西勒
德黑門
納維墩
偕勒多
歐農
龍居諸嶼
烏里
烏西翟洛
黎斯克
耶遜
托林峽
印嘎特
昂圖哥
西陲
開爾突
阿林思
鄰開爾突
法爾突
西姆利
阿巴
節西濟
沙島
洛拔納瑞
歐貝侯
南陲
威勒吉
長砂丘
遠叟

獻給我的兄弟　克利夫頓、泰德、卡爾

惟靜默・生言語；
惟黑暗・成光明；
惟死亡・得再生：
鷹揚虛空・燦兮明兮。

——《伊亞創世歌》

【第　章】

霧中戰士

Warriors in the Mist

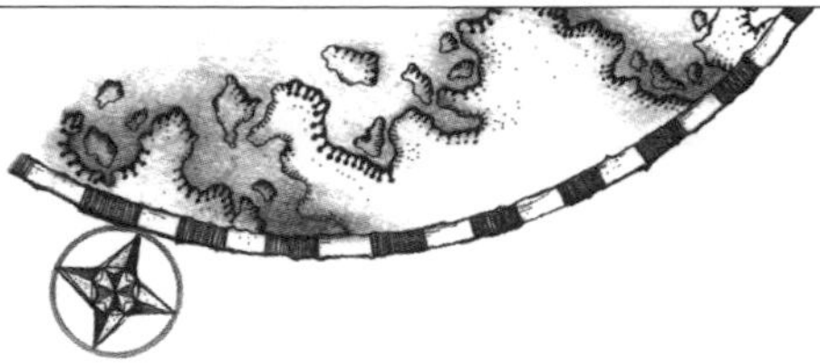

常受暴風雨吹打的東北海上，有座孤山之島名叫弓忒，它的山巔拔地有一哩之高。島上出身的巫師很多，遠近馳名，許多弓忒島的男人，不管是出生在高山深谷的村鎮，還是窄仄幽暗的峽灣港市，大都離鄉背井，前往群島區各城市擔任巫師或法師，為島主效勞；或者浪跡地海諸島嶼，耍耍魔法，追求冒險。有人說，這眾多巫師當中，最了不起、也確實經歷最大冒險的，當屬一位名叫雀鷹的法師，他在世時已被大家尊稱為龍主暨大法師。他的生平事蹟，在《格得行誼》等諸多歌謠中廣為傳唱；但本書要講的這個故事，是他成名前，也是人們為他的事蹟編唱歌謠以前的經歷。

這位法師出生在十楊村。這座偏僻的村子獨自矗立於面北谷的坡頂，往下是牧草地和耕地，層層緩降至海平面。這山坡上還有別的村鎮，零星散布在阿耳河的河彎地區。十楊村上方是蓊鬱山林，沿著層層稜脊攀升至白雪掩蓋的山巔石嶺。

法師的乳名達尼，是母親取的。這個乳名，以及他的生命，是母親所給予的全部，因為母親在他一歲時就過世了。他父親是村裡的銅匠，嚴厲寡語。達尼有六個哥哥，年紀都長他很多，一個個先後離家，有的去面北谷其餘村鎮種田或打鐵，有的出海遠航。因此，家裡沒人能溫柔慈愛地將這么兒帶大。

所以，達尼如野草般長大了，個兒高，嗓門大，動作敏捷，驕縱而暴躁。平日，這小男孩與村童在阿耳河源頭上方的陡坡牧羊，父親等他長大些，力氣足夠推拉鼓風爐的套筒時，就派他當學徒，耗在毆打、鞭笞上的力氣常常少不了。不過，別指望從達尼身上榨出多少活兒，因為他老是蹺家不在，不是在森林深處蹓躂；就是在湍急冰冷的阿耳河游泳——弓忒島上的河流，一概湍急冰冷。再不然，就是爬經懸崖和陡坡，穿過森林到山巔上，北眺佩若高島以北那片遼闊而不見任何島嶼的海洋。

達尼早逝的母親有個妹妹，同住村內，達尼在襁褓時全由這位姨母盡責照顧。但她有自己的事情，所以一等達尼長大到可以照料自己時，姨母就不再管他了。可是，在達尼七歲那年，還沒人教他認識世上的「技」與「力」時，有一日，他聽見姨母對一隻跳上茅屋屋頂的山羊大喊，起初山羊不肯下來，但等姨母對山羊高聲唱了一串韻詞之後，山羊就跳下來了。

第二天，達尼在高崖的草地放牧長毛山羊時，便學著姨母對山羊大聲喊出同樣的字詞。他不懂那些字詞的意義和用途，只是照著高聲唸：

納罕莫曼
霍漢默漢！

他喊完韻詞後，山羊全部跑過來，行動迅速一致，肅靜無聲，一隻隻瞇著黃眼睛注視達尼。

那段韻詞給了他力量支使山羊，他笑起來，把韻詞再喊一遍。這次，山羊更加靠近，挨挨蹭蹭圍攏在他周遭。牠們厚凸的羊角、奇怪的眼睛、詭異的靜默，突然間讓達尼害怕起來。他想擺脫山羊逃跑，可是，他跑，羊群也跟著跑，始終環繞達尼。最後，山羊和達尼一同下了山，進入村子。羊群仍彼此緊挨，宛如被一條繩子拴住，被圍困在內的達尼，只能恐懼哭叫。村民從村舍跑出來，邊咒罵山羊，邊嘲笑達尼。小男孩的姨母夾在村民中間，但她沒有笑，只對羊群說了一個字詞。山羊身上的咒語便解除了，咩咩叫著瞧瞧四周，散開去了。

「你跟我來。」姨母對達尼說。

她把達尼帶進她獨居的茅屋。以前她不讓小孩進屋了，所以村童都害怕那個地方。那間茅屋低矮幽暗，沒有窗戶。屋頂對角梁柱上，垂掛著藥草任其陰乾，有薄荷、野生蒜、百里香、洋蓍、燈心草、帕拉莫、王葉草、蹄形草、艾菊、月桂等散發著香氣。姨母盤腿坐在屋內火坑旁，兩眼從纏結披散的黑髮後斜視達尼。她追問達尼到底對山羊說了什麼，還問他曉不曉得那韻詞的意思。等她發現達尼什麼也不知道，卻能鎮服羊群，讓牠們靠攏、跟隨他跑回村子，這位姨母當下明白，達尼的內在必然具備「力」的質素。

在她眼裡，這小男孩只是姊姊的兒子，一向無足輕重；但從這時起，她對他另眼看待。除了稱讚達尼，她還表示，說不定可以傳授別的韻詞，達尼一定更喜歡，像是有個字可以讓蝸牛從殼裡探頭外望，還有個名字可以召喚天空的隼鷹。

「好呀，教我那個名字！」達尼這麼說時已經忘記剛才山羊帶給他的恐懼，反因姨母稱讚他聰明而飄飄然起來。

女巫對他說：「要是我教你那個字咒，可千萬不要告訴別的小孩。」

「我答應。」

達尼這種不假思索的童稚天真讓姨母不由得莞爾。「非常好。但我得約束你的承諾，就是讓你的舌頭沒辦法轉動，直到我決定解除約束為止。但即使約束解除，只要在有人聽得見的場合，就算你能講話，也將無法說出我教你的字咒。這一行的種種訣竅，我們得保密。」

「好。」小男孩答道。他一向喜歡做大夥兒還不曉得、也不會的事，所以他才不會告訴別的玩伴呢。

達尼乖乖端坐。姨母束起亂髮，繫好衣帶，再度疊腿而坐。她丟了一把葉子到火坑，一股黑煙散開，瀰漫整個幽暗的屋內。接著她開始唱歌，聲調忽高忽低，宛如另外有個聲音透過她在哼唱。她這樣一直唱著，小男孩漸漸分不清自己是睡是醒。這期間，女巫那隻從不吠叫的老黑狗張著因煙燻而發紅的眼睛，一直坐在小男孩身邊。

接著，女巫用一種達尼聽不懂的語言對他說話，他因而不由自主跟隨姨母唸出某些韻詞和字。唸著唸著，最後，魔法鎮住了達尼。

「說話！」為了測試法術效力，姨母這麼命令達尼。

小男孩無法言語，卻笑了起來。

這時，姨母對達尼內在的力量略感畏懼。因為，她剛才施展的這個法術，可說是她所能編構最強的法術了，她原希望不僅藉此控制達尼的說話能力，還想同時收服達尼為她效勞。然而，雖然咒力約束了達尼，他卻仍暢笑不誤。

姨母沒說什麼。她在火堆上潑灑淨水，直到煙氣消失。然後她讓小男孩喝水。等屋內空氣轉為清朗，達尼又能言語時，她才教他隼鷹的真名。只要說出那個真名，隼鷹必應聲而至。

這只是第一步。日後，達尼將窮其畢生追尋這條法術之路，這條路終將帶領他翻山越海去追逐一個黑影，直達死亡國度漆黑無明的海岸。可是，從起頭這幾步來看，法術之路彷彿是一條開闊的光輝大道。

達尼發現，他一喊名召喚，野生隼鷹即俯飛而下，鼓翼咻咻，閃電般棲息在他腕際，那模樣與王公貴族的獵鷹實在不相上下。這情形使達尼越發渴望知道更多召喚用的名字，便跑去找姨母，懇求教他雀鷹、蒼鷹、鶚鷹等等的召喚名字。為了學會那些蘊含力量的字，無論女巫姨母要求什麼，儘管有的不是那麼好做、那麼好學，達尼全部照做照學。

弓忒人有兩句俗話這麼說：「無能得好像女人家的魔法」、「惡毒到有如女人家的魔法」。十楊村這位女巫並不是邪惡的巫婆，她從不碰觸高深的法術，也不和太古力打交道。她一向只是凡夫凡婦中的平凡女子，雖懷技藝在身，但多半只是用來騙騙這個、唬唬那個而已。像「大化平衡」、「萬物形意」等至理，真正的巫師都懂、也都力守，除非必要，絕不隨意施法念咒；但那些至理，這個村野女巫都不懂。只是，不管碰到什麼狀況，她都有一套咒語應付，而且老是忙著編構新咒語，只不過，她那一套大都是無用的幌子。至於法術的真偽，她實在不會辨認。她知道很多詛咒的法子，召疾恐怕比治病要行。如同一般村野女巫，她也會調配春藥，不過要是應付男人的嫉妒和仇恨所需，她倒有好幾帖比春藥更陰險的方子。但，這些伎倆她並沒有傳給年幼的學徒，而是盡可能教授信實的法術。

起初，達尼學習這些法術技巧的樂趣，不外來自於召喚奇禽異獸的力量和知識，而這種純真的童趣，終其一生也都陪伴他。他在高原上牧羊時，總有猛禽在身旁飛繞，別的村童見了便開始叫他「雀鷹」。因此，在他的真名尚不為人知時，「雀鷹」這個偶然得來的名字便成了他的通名。

這段期間，女巫姨母常談起術士多麼有本事，能擁有超凡的光榮、財富和權力，達尼聽著，乃定意學習更多實用的民俗知識。他學得很快，常得姨母稱讚，村童卻漸漸開始害怕他。這使他確信自己不久就可以成為人上人。

就這樣，他跟隨姨母一字字、一術術地學，十二歲時，已經把姨母所知的法術大部分學會了。雖然姨母懂得不多，但就一個小村莊的村婦女巫來說，擁有那些已足使用；至於一名十二歲的孩童，懂那些法術實在太多了。姨母教給達尼的，是她所會的全部藥草醫術，以及所有關於尋查、捆縛、修補、鬆綁、揭露等技法。她知道的故事歌謠和英雄事蹟，也都一一唱給達尼聽熟。昔日從術士那兒習得的真言，她悉數傳授給達尼。另外，達尼還從天候師和遊走面北谷與東樹林各村鎮的戲耍人那兒，學到許多不同的魔術、幻術和餘興技藝。達尼頭一回有機會運用法術來證明自己內在擁有力量，就是上述種種小法術當中的一項。

那時，卡耳格帝國正當強盛。他們統治著北陲和東陲之間的四大島嶼：卡瑞構、峨團、胡珥胡、珥尼尼。卡耳格人的語言與群島或其他邊陲人民的語言不一樣。他們是尚未開化的野蠻人，白膚黃髮、生性凶猛、嗜血成性、喜聞焚城煙味。去年，他們攻打了托里口群島和強大的托何溫島，大批紅帆船組成的艦隊是他們侵外的重要武力。其實，攻打消息早就向北傳至弓忒島，可是弓忒島的莊主們忙於私務，沒怎麼留意鄰島的災禍。

繼托里口和托何溫之後，司貝維島接著遭到蹂躪，人民淪為奴隸。直到今天，那裡始終是個廢墟島。卡耳格人逞其征服的貪慾繼續航向弓忒島，三十艘長船浩浩蕩蕩駛抵東港，向東港全鎮開打。一仗打贏，末了還放火焚燒。之後，他們把船艦留在阿耳河河口，派兵守衛，然後大軍順著山谷上行，燒殺擄掠，人畜一概不放過；沿途又分為若干支隊，各自選擇中意的地點進行劫掠。大難中僥倖逃亡的島民把警訊帶往高地。不數日，在十楊村就可以看見東方黑煙蔽天。當晚逃上高崖的村民都見到下方山谷濃煙密覆，火舌成條。原待收成的田野均遭縱火，果園燒透，樹上的果實烤得焦爛，穀倉和農舍慢慢燒成灰黑廢墟。

有的村民往山上逃進峽谷，藏身樹林；有的村民做了打鬥保命的準備；還有的人完全不行動，只知就地哀歎扼腕。女巫是逃命者之一，她跑到卡波丁斷崖的山洞，用法術把洞口封住，一個人躲在裡面。達尼的銅匠父親是留守者之一，因為他不願拋下幹了五十年活兒的熔爐和鍛爐。他整夜趕工，把手邊可用的金屬全打造成

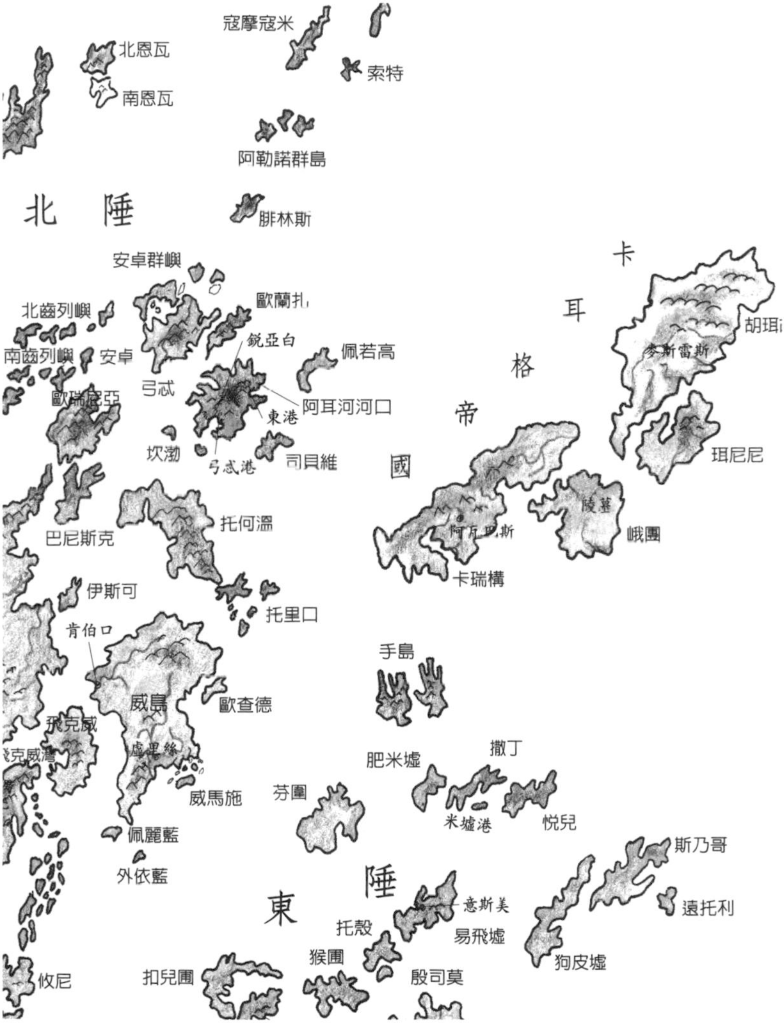

寇摩寇米
北恩瓦
索特
南恩瓦
阿勒諾群島
北陲
腓林斯
卡耳格帝國
安卓群嶼
歐蘭扎
北齒列嶼
胡珥
銳亞白
佩若高
南齒列嶼
安卓
參斯雷斯
弓忒
歐瑞尼亞
阿耳河河口
東港
坎渤
弓忒港
司貝維
珥尼尼
托何溫
陵墓
峨團
巴尼斯克
阿瓦巴斯
卡瑞構
伊斯可
托里口
青伯口
手島
威島
歐查德
飛克威
克威灣
盧里絲
撒丁
肥米墟
威馬施
芬團
米墟港
悅兒
佩麗藍
斯乃哥
外依藍
東陲
意斯美
遠托利
托殼
易飛墟
狗皮墟
猴團
殷司莫
扣兒團
攸尼

矛尖，一同留守的村民顧不得進一步修整，就趕緊把那些矛尖綁在鋤、耙等農具的木柄上，因為已經沒有時間製作合適的木柄了。十楊村除了一般的獵弓和短刀，一向沒有戰備武器。畢竟，弓忒山民並非好戰百姓，他們實在不是以戰士出名，而是以羊賊、海盜、巫師出名。

第二天日出時，高地起了白茫茫的濃霧，一如島上平日的秋天。十楊村往四方延伸的街道上，村民一個個拿著獵弓和新鍛的矛，站在茅屋、房舍之間等候。他們不曉得卡耳格人的位置是遠是近，只能默然凝視眼前那片把形狀、距離與危險藏起來不讓他們看清楚的白霧。

達尼也在這批留守候戰的村民中。前一整夜，他不停操作鼓風爐，忙著推拉兩支長套筒，為鼓風爐不停吹送空氣旺火，所以到了清晨這時，他兩隻手臂已經疼得發抖，連自己選來的那枝矛都沒法握好。他不曉得這個樣子要如何戰鬥、對自己或村民能有什麼幫助。想到自己還不過是幼童一個，卻將被卡耳格人的長矛刺斃；至今還不知道自己的真名——代表長大成人的真名——就要去冥間報到，內心不由得慌急如絞。他低頭注視細瘦的臂膀，由於寒霧四罩，兩條臂膀早濕了。他知道自己的能耐，所以此刻的無力徒然讓他乾生氣。他的內在有力量，只要曉得怎麼使出來就行了。他搜尋已學會的一切法術，衡量著哪些辦法用得上——或至少給他和同夥村民一個機會。不幸的是，單靠「需要」不足以釋放力量，得有「知識」才行。

明亮的天空中太陽高掛，無遮無隱照射山巔。陽光的熱力使附近的迷霧大把大把飄散不見，村民這才看清楚，有支隊伍正往山上攀爬。他們穿戴銅製頭盔和脛甲，身套皮製護胸，舉著木銅合造的盾牌，配掛刀劍和卡耳格長矛。隊伍沿著阿耳河曲折的險岸形成一條有長矛羽飾和匡噹聲響的行伍，迤邐前進。他們與十楊村的距離，已經近得讓村民可以看見他們的白面孔，也聽得見他們互相高喊方言的聲音。眼前這批來犯的軍隊約莫百人，為數倒不多；但十楊村的男人和男孩，加起來才十八人而已。

這時，「需要」喚出了「知識」：眼看卡耳格人面前小路的濃霧漸散，達尼想到一個或許能生效的法術。先前，谷區一個擅長天候術的老伯為了爭取達尼做他的學徒，曾教過他幾個咒語，其中一個就叫做「造霧」，那是一種捆縛術，可以捆縛霧氣，使之聚集在某處一段時間。不但如此，擅使幻術的人還可以把霧氣塑造成陰森鬼魅，讓它持續一段時間才消散。達尼不會那種幻術，但他的意圖不同，且他有能力轉變這個法術為己用。念頭既定，他立即大聲講出村莊的幾個地點和範圍，然後口念造霧咒語，並在咒語內加上遮蔽術的咒詞，最後，他大聲喊出啟動魔法的咒詞。

就在他施法完成時，父親從後面走過來，在他頭側重重敲了一記，害他應聲倒地。「笨蛋，安靜！沒本事打鬥，就閉上那張念個不停的嘴巴，找個地方躲起來！」

達尼撐腿站起來，他可以聽見卡耳格人已經到了村尾，就在皮革匠家前院旁那棵高大的紫杉樹邊，講話聲很清楚，馬具和武器的鏗鏘聲也聽得見，只差還看不到人而已。漸濃的大霧籠罩全村，減淡了陽光亮度，四周迷迷濛濛，到最後，伸手已不見五指了。

「我把大家藏在霧裡了，」達尼口氣不悅，因為父親那一敲害他頭痛得很，加上施念兩套咒語，力氣逐漸耗弱。「我會盡力守住這陣濃霧，你叫他們把敵軍引到高崖上。」

銅匠眼見兒子立在詭譎陰森的濃霧中狀似幽魂，呆了一分鐘才領會達尼的意思。他立刻悄然飛奔，村子每道樹籬、每個轉角他都熟透，找到村人後，便趕緊說明行動辦法。此時，灰茫茫的濃霧中隱約有道紅光，看來像是卡耳格人放火焚燒某間房舍的茅草屋頂。不過，卡耳格人還沒爬上山、進村子，而是在村外暫停，想等濃霧消散，再進村子痛宰豪奪。

被燒的那間茅舍就是皮革匠的房子。皮革匠讓兩個兒子逃到屋外，公然對卡耳格人辱罵一通而後溜走，他們的身影完全沒入濃霧中，不露形跡。而大人從樹籬後面爬走，跑經一家家村舍，差不多到了村尾時，便對準聚在一起的敵方戰士箭矛齊發。一名卡耳格人讓一支剛鍛造好、仍熾熱炙手的矛給射穿身子，痛得滾倒在地。其餘被箭射傷的戰士怒火中燒，向前急衝，想把這些弱小到他們根本看不上眼的攻擊者給劈了，卻發現四周盡是濃霧，只聞人聲，不見人影。他們只能揮舉手中配有羽飾、沾腥帶血的碩大長矛，循聲向前胡刺。這批外來戰士只顧吼吼嚷嚷沿著街道跑，渾然不知自己已穿越整個村子。灰茫茫的濃霧裡，空的茅舍房屋隱約浮現又消失不見。村民散開奔跑，多數人一直跑在敵人前方，因為村子是他們的，當然路熟。只是有幾個男孩和老人跑得慢，卡耳格人把他們踩在地上，拿起劍矛，喊著戰呼亂砍一氣，他們喊的是峨團島雙白神的名字：「烏羅！阿瓦！」

有些戰士發覺腳下土地變得坑凹不平，便停下來；有些卻繼續向前，緊追那些游動卻始終抓不到的形狀，希望能找到他們原欲攻打的那座鬼魅村莊。由於許多閃閃躲躲、忽隱忽現的形狀在四面八方飛竄，整片濃霧竟好像是活的。有一夥卡耳格士兵追趕幽魂，一直追到高崖——就是阿耳河源頭上方的懸崖邊，誰知追到這裡，幽魂忽然憑空消失在漸薄的霧氣中，他們自己卻穿越茫霧和突然冒出來的陽光，慘叫著跌落百呎高崖，墜落岩間池水。稍後趕到而沒跌下去的士兵，則站在懸崖邊上拉長耳朵聽著。

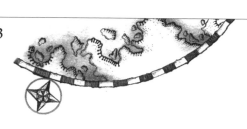

這下子，恐懼爬上卡耳格人心田，他們不再追趕村民，而開始在怪異的霧中找尋隊上戰友。他們在山麓聚集，但身邊要不是老有些奇形怪影糾纏，就是有些拿矛舉刀的形影從後面刺過來，然後消失。卡耳格人急忙往山下跑，跌跌撞撞，不敢出聲，直到逃出迷霧範圍，清清楚楚看見山村下方沐浴在晨光中的河流和峽谷，才停步集合。回頭觀望時，他們看見小路整個被一面浮動的灰牆罩著，灰牆後的一切全被包藏起來。從那面灰牆裡，陸續冒出來兩三個士兵，長矛橫肩，雖然步履踉蹌，仍奮力向前衝。走得出濃霧的卡耳格人，再也沒有一個人敢回頭觀望第二次，全部匆匆逃離這塊魔地。

到了山下的面北谷那邊，那些戰士面對的可是一場硬仗。從甌瓦克直到岸邊東樹林，各城鎮召集了所有男子齊力對抗入侵弓忒島的敵人。他們一隊隊從坡地下山來，當天及次日，卡耳格人被緊緊押趕到東港北邊的海灘。在那裡，卡耳格人發現他們的船隻全遭燒燬，已無退路，背海一戰的結果是悉數被殲滅。阿耳河河口的砂子被烏血染成褐色，潮浪來了才沖走。

那天早上，濛霧在十楊村和高崖上逗留了一會兒，才在轉瞬之間飄散無蹤。霧散後，村民站在秋風吹送的麗陽中四下望望，想不通緣故。只看見地上這兒躺著一名黃髮散亂沾血、業已命絕的卡耳格士兵；那兒躺著村子的皮革匠，死了——是帝王般光榮戰死的。

村裡遭縱火的那房子還在延燒。由於打勝仗的是村子這一方，大夥兒於是跑去把火撲滅。街上那棵紫杉樹附近，村人發現銅匠的兒子獨自站在那兒，身上不見半點傷痕，卻有如受了驚嚇的人般默然呆立。於是，大家領悟了達尼剛才的作為，立刻將他帶進他父親的屋子，再快去把女巫從洞穴裡找出來，全力醫治這個救了大家性命和家產的孩子。這場戰鬥，總計只有四個村人被卡耳格人殺死，只有一間房子被燒毀。

小男孩身上一個武器傷口也沒有，卻不吃不睡不言不語，彷彿完全聽不到旁人對他講話，也看不見前來探望的人。導致他這般病篤的原因，沒有一個是巫醫治得來的。姨母說：「是內力使用過度的關係。」可是，她沒有法術能醫。

達尼昏沈麻木，臥床不起。但他操霧弄影嚇走卡耳格戰士的經過，立刻一傳十、十傳百，面北谷、東樹林、山頭山尾、甚至弓忒港的島民，全聽說了這故事。所以，在阿耳河河口大屠殺後的第五天，一個陌生人走進十楊村。這陌生人既不年輕也不年老，披斗篷沒戴帽，輕輕鬆鬆手執一根與他等高的橡木長杖，緩步行來。但是，一般人到十楊村，大都從阿耳河上行，這陌生人卻從山上的森林走下來。村婦們一見即知這人是巫師，又聽他說什麼雜症都能醫，便引他直接到銅匠家。

陌生人驅散村民，只留下達尼的父親和姨母。他彎腰察看躺臥在小床上的達尼，然後把手按在男孩額頭，同時碰一下男孩的嘴唇。

達尼慢慢坐起身子，四周張望。才一會兒他就能說話了，力氣和飢餓也漸漸回來了。他們給達尼一點東西吃喝，達尼吃完又躺回床上，但深色的雙眼一直疑惑地觀看床邊這陌生人。

銅匠對陌生人說：「你不是普通人。」

「將來，這男孩也不會是普通人。」對方答道：「我住在銳亞白鎮，這孩子操控濃霧的故事遠傳到我們鎮上。假如大家說得沒錯，這孩子還沒舉行成年禮，準備邁入成年，那麼我此行目的是來授與他真名的。」

女巫小聲對銅匠說：「兄弟，這人肯定是銳亞白鎮的法師，『緘默者』歐吉安，就是曾經鎮服地震的那個法師……」

這銅匠一向不肯被顯赫名聲嚇倒，便說：「先生，我兒子這個月才要滿十三歲，我們原本計畫在今年日迴宴為他舉行成年禮。」

「儘早授與他真名比較好。」法師說：「因為他需要他自己的名字。現在，我還有別的事情要辦，但我會在你選的那個日子回來。要是你認為合適，行禮完畢我就帶他跟我一起回去。假如他適合，我就收他為徒，或送他去合於他資質的學習場所。因為，天生該是法師的心智，若滯留於黑暗，是危險的事。」

歐吉安說話非常溫和，但意向篤定，連死腦筋的銅匠都被說動同意了。

孩子十三歲那天是燦爛的早秋之日，鮮麗樹葉仍掛在枝頭。歐吉安雲遊弓忒山回來，成年禮正在舉行。女巫姨母把男孩出生時母親給的名字「達尼」取走。沒了名字的他，裸身步入阿耳河的清涼泉源中——那源泉位於高崖下方的岩石間。他踏入水中時，陰雲遮去太陽，大片黑影覆蓋男孩四周的池水。男孩橫越水池，走到對岸。儘管池水讓他冷得發抖，他仍然按照儀式，挺直身子慢慢走過冰冷的流水。等在那兒的歐吉安伸手緊握男孩手臂，小聲對他講出他的真名：「格得」。

這就是一位深諳力量效能的智者授他真名的經過。

那時，距離歡宴結束的時間還早。全村人開心作樂，因為食物豐盛，也有啤酒喝，還從山下谷區請來誦唱人在宴中唱誦《龍主行誼》歌謠。法師歐吉安用沈靜的聲音對格得說：「來，孩子，向你的族人道別，讓他們繼續享受這場歡宴。」

格得拎了他隨身須帶的東西：一把上好銅刀，是父親為他打造的；一件皮外套，是皮革匠寡婦為他量製的；一枝手杖，用赤楊木削製而成，與他等高，並由姨母祝了咒。這三樣東西就是除了衣褲以外，他所擁有的全部家當。他向大家道別：滔滔人世，這些村民是他所認識的全部。回頭再望一眼蹲伏在懸崖下方、開展於河源上方的十楊村之後，格得偕同新師傅上路，穿越這座孤山島的陡斜林地，穿越燦爛秋日的繁葉簇影。

【第二章】

黑影

The Shadow

格得原以為當了大法師的徒弟，便可以立刻投入力量的祕境：他將聽得懂獸語及林中樹葉的語言；可以運用咒語操控風向，也能學會任意變換身形；說不定還能和師傅化為雄鹿一起飛奔，或共同展開鷹翼飛越弓忒山到達銳亞白鎮。

但事實遠非所盼。他們閒步前進，先從山上走到谷區，然後環山慢慢往南，再向西行。他們師徒和一般窮酸的遊走術士、銲補匠、乞丐沒有兩樣，沿途寄宿小村或在野地過夜。他們沒有進入什麼神祕之境。什麼事也沒發生。格得初次看到法師的橡木長杖時，內心既渴望又敬畏，但不久就發現那不過是一枝幫助行走的粗棍子而已。三天過去了，四天過去了，歐吉安仍然連一個咒法都沒有傳授，也完全沒有教他什麼名字、符文或法術。

歐吉安儘管很沈默，卻十分祥和平靜，格得很快就不再感到畏懼。所以不過一兩天時間，他就敢放心問師傅：「老師，我什麼時候開始學藝呢？」

「已經開始了。」歐吉安說。

格得默然不語，彷彿把心裡的話吞了回去。過了一會兒，他還是說了：「可是我什麼也沒學到呀！」

「那是因為你還沒有發現我在教你什麼。」法師一邊回答，一邊繼續邁開長腿穩步前行。當時，他們正走在甌瓦克和巍斯之間的山路上。這位師傅和多數弓忒人一樣，膚色暗沈，接近銅褐色；灰髮，清瘦強健如獵犬，堅韌耐勞。他話不多、吃得少、睡得更少，但耳目極其敏銳，面貌常顯出聆聽般的神態。

格得沒接腔。回答法師總是不容易。

一會兒，大步行走的歐吉安說：「你想操作法術，老實說，你已經從那個泉源汲取過多的泉水了。要等待。有耐心才能大器成人，而法術所需的耐心更是九倍於此。路旁那是什麼藥草？」

「黃草花。」

「那個呢？」

「不曉得。」

「一般人稱之為四葉草。」歐吉安停下來，杖底銅尖指著路旁野草。格得於是貼近細瞧，並摘下一個乾豆莢。由於歐吉安沒再說什麼，他便問：「師傅，這草有什麼用途？」

「這我一無所知。」

格得拿著豆莢繼續前行一會兒之後，就把它扔了。

「等你從四葉草的外形、氣味、種子，認識四葉草的根、葉、花在四季的狀態之後，你就會曉得它的真名，明白它存在的本質了，這比知道它的用途還重要。你

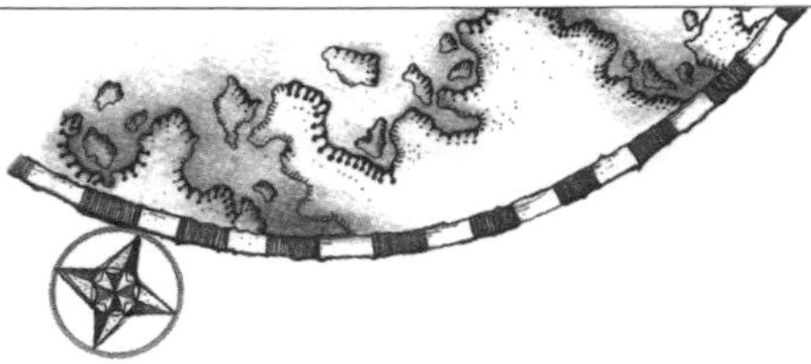

說說看，你的用途是什麼？我的用途又是什麼？到底是弓忒山有用？還是開闊海有用？」又走了約莫半哩，歐吉安才說：「要聆聽，必先靜默。」

男孩皺起眉頭，被人這麼一說，覺得自己像傻瓜一樣，他可不喜歡。但是，他把不悅和不耐按壓回去，努力表現順服的樣子，希望歐吉安能因此教他些什麼，因為他渴望學習，渴望獲得力量。然而格得似乎也開始認為，隨便跟從哪個藥草夫或村野術士出來散步，都可以學到更多的東西。等到兩人環著山路西行，過了巍斯，走入荒僻的森林以後，格得更是愈來愈不明白，歐吉安這位偉大的法師究竟有什麼偉大，他又有什麼魔法。因為每逢下雨，歐吉安連每個天候師都曉得的挪移暴雨術也不說。像弓忒島或英拉德島這種術士雲集的島嶼，常可以看到烏雲緩緩從這邊跌到那邊，從這處滾到那處，因為法術會不斷把烏雲排擠到另一處，直到海面上方雨可以放心落下的地方為止。可是，歐吉安卻任憑大雨愛落哪兒就落哪兒，他只會找棵豐茂的樅樹，躺在樹下而已。格得蹲在滴雨的樹叢間，濕淋淋地生著悶氣，他想不通：要是過度明智而不知使用，那麼空有力量又有何用？他倒寧願早跟隨谷區那個老天候師，當他徒弟，至少還可以乾著身子睡覺。格得一語不發，沒把內心的想法講出來。他的師傅微微笑著，後來就在雨中睡著了。

日迴後第一場大雪降在弓忒山巔時，師徒倆才抵達銳亞白鎮歐吉安的家。銳亞白小鎮座落在高陵的岩石邊上，鎮名的意思是「隼鷹巢」。從高踞山陵的鎮上，可以遠望弓忒深港和港口塔房，也可以見到船隻進出雄武雙崖之間的海灣閘門。向西極目越過海洋，可依稀看出歐瑞尼亞島的藍色群山。歐瑞尼亞島是內環諸島的極東島嶼。

法師的木屋雖大，搭建又牢固，但裡面用來取暖的卻與十楊村的茅屋一樣，是壁爐和煙囪，而不是火坑。整棟屋子就是一個房間，其中一側的外面蓋了羊舍。西牆有個壁龕似的凹處，格得就睡那兒。草床的上方有扇窗戶，看出去可以望見大海，但窗板得常常關著，以遮擋整個冬天由西邊和北邊猛吹過來的強風。

格得在這間房子裡度過了陰暗溫暖的冬天，日日所聞不是屋外吹襲的風雨，就是下雪時的寂靜。他開始學寫字，並閱讀《赫語符文六百》。他很高興能學習這項知識，因為少了這一項，那些強聞死記的咒語和法術就無法賦予一個人真正的本領。群島區的赫語雖不比別的人類語言多有魔力，卻根源於太古語。太古語裡，所有物象的名稱都是真名，若想看懂太古語，就得先學習符文，這種早在普世島嶼浮出海洋之時就寫成的符號。

仍然沒有奇事及魔法發生。整個冬天不外乎翻動符文書沈重的書頁、落雨、下雪；歐吉安也許在漫遊冰冷的樹林後返家，也許在照顧羊群後進門，把沾黏在靴子上的雪花跺去，靜靜地在爐火旁坐下。接著，法師許久不語地專注聆聽，那沈默會充塞整個房間，充塞格得的心思，一直到連歐吉安都似乎忘了話語是什麼聲音；等到歐吉安終於開口，就宛如他當時才破天荒發明了話語似的。然而，他講的都不是什麼大事，不過是些諸如麵包和飲水、天氣和睡眠之類的簡單小事。

春天來臨時，世界轉眼明亮起來。歐吉安時常派格得到銳亞白鎮上方的草坡採集藥草，還告訴格得愛待多久就待多久，讓他整天自由，走過雨水滿注的溪流河岸，穿越陽光下的樹林和濕潤的綠色曠野。格得每一回都高高興興地出門，到晚上才回來；但他也沒忘記藥草的事，爬山、閒逛、涉溪、探險時，他都留意尋找，每次總會採些回來。有一次，他走到兩條溪流之間的草地，上面長滿了一種叫「白聖花」的野花。由於這種花很稀有，深受醫者稱道，所以格得隔天又去摘，結果有個人比他更早到，是個女孩。他見過那女孩，曉得她是銳亞白老鎮主的女兒。格得原本不想與她攀談，她卻走過來愉快地向他問好：「我知道你是誰，你就是雀鷹，是我們法師的高徒。真希望你告訴我一點法術！」

格得低頭注視著輕觸她白裙裙緣的那些白花，起初他感到害羞和不悅，幾乎沒回答什麼，但女孩繼續說話，她大方、無慮、自發的態度讓格得也慢慢覺得輕鬆起來。女孩個兒高，年齡與格得相仿，面色蠟黃，膚色淡得近乎白。村裡的人都說，她母親來自甌司可島或某個諸如此類的外島。女孩長長的直髮垂下來，宛如一道黑色瀑布。格得認為她長得很醜，但就在談話間，他內心卻漸漸產生一股欲望，想取悅她，贏得她的欽佩。女孩促使他談起以前怎麼用計操霧弄影打敗卡耳格戰士的整個故事。她聆聽時好像又入神又佩服，卻沒說什麼讚美之詞。不一會兒，她換了個話題，問道：「你能把鳥獸叫到你身邊嗎？」

「能呀。」格得說。

他知道草地上方的懸崖裡有個隼鷹巢，於是便叫出隼鷹的名字，把牠召喚下來。隼鷹飛來，卻不肯棲息在格得的腕上，顯然是因為女孩在場而退卻。只聽這隼鷹大叫一聲，鼓動有條紋的寬大雙翼後就飛上天空了。

「這種讓隼鷹過來的魔咒，叫做什麼？」

「召喚術。」

「你也有辦法叫亡靈到你身邊嗎？」

由於剛才隼鷹沒有完全遵從格得的召喚，所以格得以為她是用這問題在取笑他。他才不讓她取笑呢，便平靜地說：「我想召喚，就有辦法。」

「召喚魂靈不是很難，很危險嗎？」

「難是難，但，危險嗎？」格得聳肩。

這一次，他確信女孩兩眼都有佩服之色。

「你也能施展愛情魔咒嗎？」

「那又不是什麼精湛的本領。」

「也對，」女孩說：「隨便哪個村野女巫都會。那你會變換咒語嗎？你能像大家講的巫師那樣，隨意變換自己的外形嗎？」

格得又一次不太確定她是不是藉問題來取笑他，所以再度答道：「我想變，就有辦法。」

女孩開始央求格得隨意變個身形，老鷹、公牛、火焰、樹木都可以。格得以師傅說過的一些閃爍言辭暫時搪塞女孩，卻不曉得要是女孩巧言勸誘，他該怎麼斷然拒絕；而且，他也不曉得自己相不相信剛剛誇下的海口。他推說法師師傅等著他回家，便離開了，第二天也沒有回到那片草地上。

但，隔一天他又去了。他告訴自己，應該趁著花兒盛開，多採些花回來。去時，女孩也在那兒，兩人還一同赤腳踩著濕軟的草地，用力拔起地上的白聖花。春陽高照，女孩與格得說話時，就和弓忒村的牧羊女一樣興高采烈。她又問到格得魔法的事，還睜大雙眼聆聽他講述的種種，使格得又開始自吹自擂。接著，女孩問他是否不肯施展變換咒語，當格得再度推託，女孩就注視著他，把臉上的黑髮撥到後面，說：「你是不是害怕？」

「我才不怕呢。」

她有點輕視地微微一笑，說：「大概是你還太年輕了。」

這句話格得可嚥不下去。他沒多說什麼，但決心證明自己的本事給她看。他對她說，要是她想看，明天再來這草地上，說完後就離開了。格得回到家時，師傅還沒回來。他直接走向書架，把架上那兩本智典拿下來。那兩本書，歐吉安還沒在他面前翻過。

他翻尋自身變形術的記載，可是由於符文讀起來速度慢，而且也看不太懂，所以他找不到。這兩本書十分古老，是歐吉安從他的師傅「遠觀者」赫雷那裡得來；而「遠觀者」赫雷又從他的師傅佩若高大法師那裡得來，如此可以一直追溯到神話時代。書中的字又小又怪，而且經過歷代不同的筆跡複寫、補遺，書寫那些筆跡的人如今都已歸於塵土。不過，格得勉強讀著，倒也零零星星看懂一些。由於那女孩的問題和取笑一直在他心裡盤旋，所以他一翻到召喚亡靈那一頁，就停下來。

正當格得讀著，把那些符文和記號一個個破解釐清時，他心中卻升起了一股恐懼。他兩眼彷彿被釘牢般無法移開，直到讀完整個咒語為止。

他抬起頭，發現屋內已暗了下來。他剛剛一直沒有燃燈，就在黑暗中閱讀。現在他低頭俯視書頁，已經無法看清書中的符文了，那股恐懼卻在他內心擴大，好像要把他捆綁在椅子上似的。他感覺發冷，轉頭環視時，好像看見有什麼東西貼伏在閉闔的門上，是一團沒有形狀、比黑暗更黑暗的黑影。那團黑影好像要朝他靠近，還低語著，輕聲叫喚著他，但是他聽不懂那些話。

這時，房門霍然大開，一個周身綻放白光的男子走進屋子。那巨大明亮的形體突然激烈地大聲說話，驅散了黑影，細小的呼喚聲也因而消失。

格得內心的恐懼雖然就此逝去，但他依舊極度不安——因為周身發亮站在門口的正是法師歐吉安，他手裡的那根橡木杖，也散發出耀眼的白光。

法師沒說什麼，他經過格得身邊，把油燈燃亮，再把書放回架上。這時他才轉頭對男孩說：「施展那種法術，一定會使你的力量和性命陷入險境。你是為了那種法術，才翻閱那兩本書的嗎？」

「不是的，師傅。」男孩先是嚅嚅，然後才羞愧地告訴歐吉安他在找什麼，還有尋找的原因。

「你不記得我告訴過你的話嗎？那女孩的母親是鎮主的妻子，也是個女蠱巫。」

歐吉安的確說過一次，但格得不太留意。現在他才知道，歐吉安告訴他的每一件事，都有充分的理由。

「那女孩本身也已經是半個女巫了。說不定就是母親派女兒來找你攀談的。剛才把書翻到你讀的那一頁，說不定也是她。她效勞的那些力量不同於我效勞的，我不了解她的意念，但是我知道她對我沒有善意。格得，你仔細聽好，你是不是從來沒有想過，為什麼危險必然環繞力量，正如黑影必然環繞光亮？魔法不是我們為了好玩或讓人稱讚而玩的遊戲。想想看：我們法術裡說的每個字、做的每項行動，若不是向善，就是向惡。所以在張口或行動之前，一定要知道事後的代價！」

由於羞愧使然，格得大喊：「你什麼也沒教我，我怎麼會知道這些事？自從跟你一起住了以後，我就什麼事也沒做、什麼東西也沒看到——」

「現在你已經看到一些東西了，」大法師說，「就在我進來時，那黑暗的門邊。」

格得默然無語。

由於屋裡冷，歐吉安跪在壁爐邊生火，把爐火點燃。他繼續屈著膝，平靜地對格得說：「格得，我的小隼鷹，你不用綁在我身邊或服效於我。當初並不是你來找我，而是我去找你。你的年紀還太輕，不能做這種選擇，但我也不能代你選擇。要是你真的那麼想學，我就送你去柔克島，所有高明的法術都在那裡教授，任何你有心想學的技藝，你都能在那裡學到，因為你的力量很強大——但我希望那比你的自尊心還要強。我也願意把你留在這兒跟著我，因為我有的，正是你缺乏的，但是我不會強留著你，違背你的意願。現在你自己決定，要留在銳亞白，還是去柔克島。」

格得呆立在那兒，內心惶惑。這些日子以來，他已經漸漸喜愛這個名叫歐吉安的人了，他曾經一觸便醫好他，也不曾發怒。格得到現在才明白自己愛他。他注視著斜倚在煙囪一隅的木杖，想起那木杖剛才綻放的光芒驅走了黑暗中的邪惡。他很渴望留在歐吉安身邊，繼續同他遊走森林，久久遠遠，好學習如何沈靜。可是，另一種渴望在他心中躍動不止，他期待光榮，也想要行動。要嫻熟法術，追隨歐吉安似乎是一條漫漫長路，一條耗費時日的無名小徑，而他其實或許可以迎著風，直接航向內極海，登上「智者之島」，那裡的空氣因魔法而明亮，還有大法師在奇蹟中行走。

「師傅，我去柔克島。」他說。

就這樣，數日後一個陽光明媚的春晨，歐吉安陪格得從高陵的陡坡大步下來，走了十五哩路到達弓忒島的大港口。看守弓忒城雕龍大門的守衛一見法師駕臨，立刻舉劍下跪相迎。守衛認得歐吉安，他們一向待他為上賓，一方面是遵照城主的命令，另一方面也是出於自願，因為十年前歐吉安曾讓該城免於震災。要不是有歐吉安，那場地震早就把富有人家的塔樓夷為平地、震落岩石猛力封堵雄武雙崖間的海峽了。當時，幸虧歐吉安對弓忒山說話，安撫它，如同鎮服一隻受驚嚇的猛獸，這才平定高陵的崖壁顫動。格得曾聽人提起這件事，而此刻，他驚見守衛都向他沈靜的師傅下跪，才又想起這件軼事。他仰目一瞥這個曾經鎮服地震的人，幾乎感到畏懼，但是歐吉安的面容平靜如昔。

他們往下走到碼頭，港口長連忙過來歡迎歐吉安，詢問有何需要效勞之處。法師說明情況，港口長立刻表示有艘船要開往內極海，格得可以當旅客乘船。「他要是會法術，他們說不定還可以請他擔任捕風人，因為那艘船上沒有天候師。」

「這孩子會一點造霧法，但不懂海風。」法師說著，一手輕放在格得肩上：「雀鷹，你還是個陸地人，可別動海洋和海風的主意。港口長，那艘船叫什麼名字？」

「叫『黑影』，從安卓群嶼裝載了毛皮和象牙來，要到霍特鎮去。是艘好船，歐吉安師傅。」

大法師一聽到船名，臉色就沈了下來，但他說：「就搭那艘船去吧。雀鷹，把這封信交給柔克學院的護持。一路順風，再會！」

歐吉安的道別話僅止於此。一說完，他便轉身從碼頭大步往坡上的街道走，格

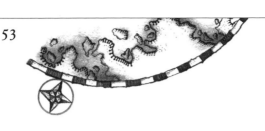

得孤單單地站著，目送師傅離去。

「小夥子，你跟我來。」港口長說著，把格得帶到「黑影」準備啟航的碼頭。

一個孩子在一座五十哩寬的島嶼上、日日面海的懸崖下的村莊成長，卻不曾登船，也不曾把手指伸入鹹水中，這似乎很奇怪，但事實就是如此。這個陸地人曾是農夫、牧羊童、放牛童、狩獵人、工匠，他把海洋看成是一片鹹而無常的領域，和他一點關係也沒有。距離自己村子兩天腳程的另一個村子便是陌生異地；距離自己島嶼一天航程的另一座島嶼則純粹是傳聞，是某座出海面遠眺的茫茫山丘，不像他所行走的紮實土地。

所以對不曾從高山下來的格得而言，弓忒港是個令人生畏又教人驚歎的地方。碼頭、船塢、碇泊口，以及共約半百船艦，有的在港邊停泊、有的被拖來準備修理、有的收了帆槳安碇在泊口；水手用奇異的方言大聲講話；碼頭工人背扛重物，快跑穿梭經過桶子、箱子、纜繩、槳堆等等；大鬍子商人身穿毛皮長袍，一邊講話、一邊小心走過黏乎乎的水上石頭路；漁夫卸下魚獲；桶匠叩叩敲敲，造船人咚咚打打，賣蟹人叫叫賣賣，船主吼吼嚷嚷。在這一切之後，是波光粼粼的靜寂海灣。雙眼雙耳和腦子都深受衝擊的格得，跟隨港口長走到「黑影」繫泊的寬闊碼頭，再由港口長領著去見船長。

既是法師拜託的事，便不消幾句話，船長即同意讓格得當乘客前往柔克島。港口長於是讓男孩單獨留在船長那兒。「黑影」號的船長高大肥胖，穿了件毛皮鑲邊的紅斗篷，與多數安卓群嶼商人一樣。他連一眼也沒瞧格得，只問：「小子，你會操控天氣嗎？」

「會。」

「你會喚風嗎？」

格得只能說不會。

一聽他說不會，船長便要他找個不礙事的地方待著。

這時，槳手陸續登船。這艘船預定向晚以前駛至港外停泊口，打算利用黎明退潮啟航。格得根本找不到一個不礙事的地方，只好盡力爬到船尾堆積貨物的地方，緊緊抱住貨堆，觀看一切。槳手跳上船來，他們都是結實漢子，手臂特壯。碼頭工人把水桶滾到船塢，再安到槳手的坐凳底下。這艘建造精良的船，載重量大、吃水深，可是被岸邊波浪一推一送，也是會稍微顛晃。舵手在船尾柱的右邊就位，等候船長下令。船首雕刻著安卓島的古代蛇形，船長坐在龍骨和船首交接的一塊支撐厚板上。他高吼開船的命令之後，「黑影」解纜，由兩條划艇牽引離開船塢。接著，船長高吼：「開啟槳眼！」每邊各十五支大槳卡地一聲同時開划。船長旁邊一名小

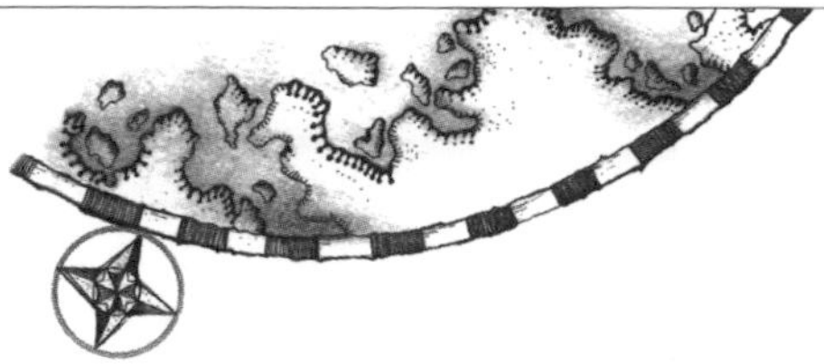

男孩負責打鼓，槳手弓起有力的背，依鼓聲划槳。宛如海鷗展翅飛翔般，這艘船輕輕鬆鬆划出去，港市騷亂吵雜的聲音一下被拋在後面。他們划入海灣寂靜的水域，弓忒山巔從頭頂升起，彷彿懸在海上。船錨在雄武雙崖南側下風處的一個淺灣拋擲出去，船隻停泊在夜色中。

船上七十名水手，有幾個和格得一樣年輕，但都舉行過成年禮了。這些年輕人邀請格得過去與他們一同餐飲。這些水手看起來儘管粗野，而且愛講笑話嘲弄人，卻不失友善。他們叫格得「放羊的」——這是當然，因為格得是弓忒島人。但除了這些，水手並沒有什麼不敬之舉。格得的外貌和一般十五歲男孩一樣高壯，旁人是稱讚也好、是揶揄也好，他的反應都夠敏銳，因此在船上頗得人緣。甚至頭一個晚上他就已經與大家相處融洽，並開始學習船上的工作了。這點很稱船上那些高級船員的意，因為船上沒有地方容納無所事事的旅客。

沒有甲板的船上塞滿了人和帆具以及貨物，船員幾乎沒有什麼空間，也完全談不上舒適，但格得的舒適又是什麼呢？那天晚上，他躺在船尾捆成一捲一捲的北島生毛皮上，仰望港灣上方的春夜星空，遠望城市點點黃燈，時醒時睡，滿心歡喜。黎明前，潮汐回退，他們舉錨，輕緩地把船從雄武雙崖間划出海。日出染紅後方的弓忒山頭時，他們升起主帆，經弓忒海向西南方前進。

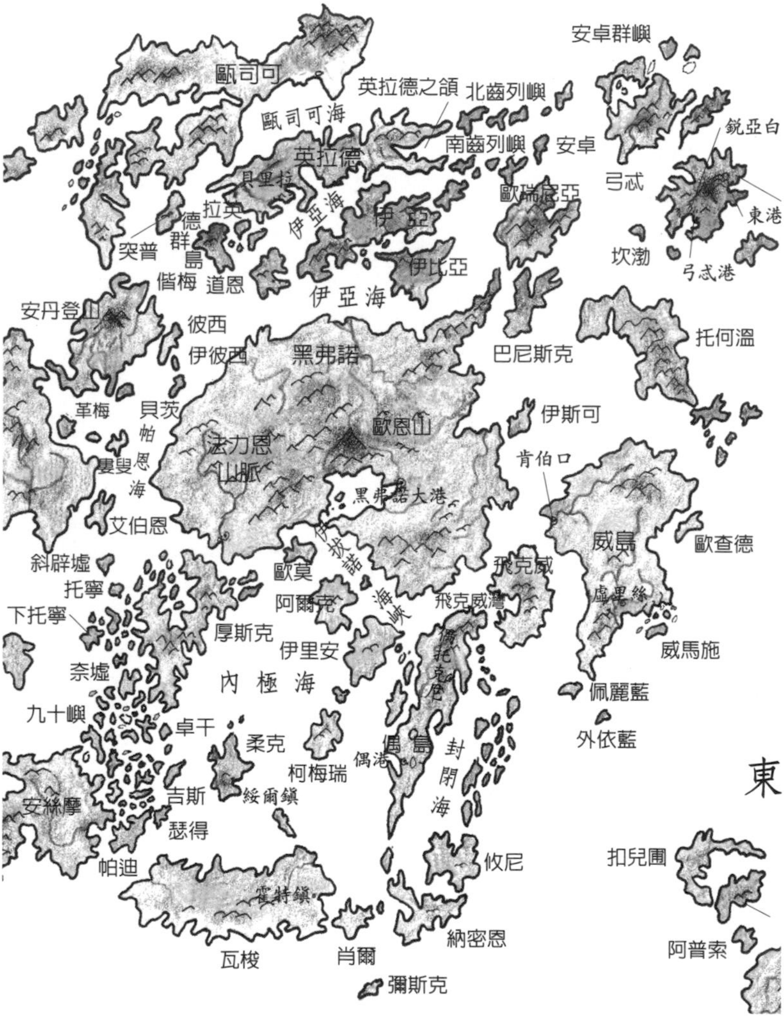
安卓群嶼
甌司可
英拉德之頜
北齒列嶼
甌司可海
銳亞白
南齒列嶼
安卓
英拉德
貝里拉
弓忒
歐瑞尼亞
伊亞海
伊亞
東港
拉英
德
群
島
突普
坎渤
伊比亞
弓忒港
偕梅
道恩
伊亞海
安丹登山
彼西
托何溫
伊彼西
黑弗諾
巴尼斯克
革梅
貝茨
帕恩海
伊斯可
歐恩山
法力恩山脈
婁叟
肯伯口
黑弗諾大港
艾伯恩
伊拔諾海峽
威島
歐查德
斜辟墟
歐莫
飛克威
托寧
阿爾克
虛果絲
飛克威灣
下托寧
厚斯克
偶托克
威馬施
伊里安
奈墟
內極海
佩麗藍
九十嶼
卓干
外依藍
柔克
偶島
封閉海
偶港
柯梅瑞
東
安絲摩
吉斯
綏爾鎮
瑟得
扣兒圍
攸尼
帕迪
霍特鎮
納密恩
阿普索
瓦梭
肖爾
彌斯克

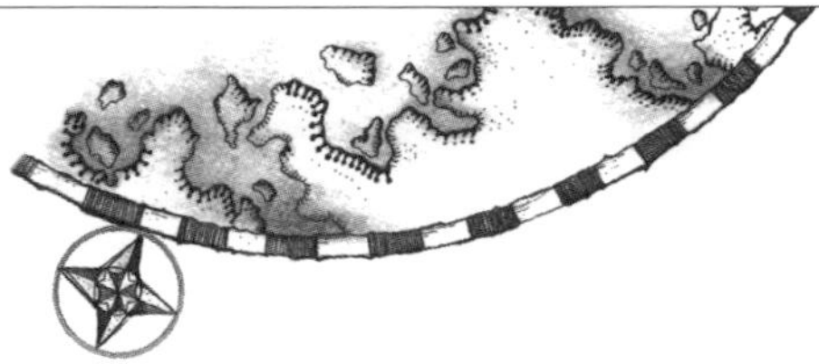

和風吹送他們駛經巴尼斯克島與托何溫島。第二天，群島區的「中心」暨「壁爐」黑弗諾大島便已然在望。其後整整三天，他們沿著黑弗諾的東岸行駛時，都可以看見島上的青綠山丘，但是他們沒有靠岸。不出幾年，格得便有機會踏上這塊陸地，或在世界的中心觀看黑弗諾大港口的白色塔樓了。

他們在威島北岸港灣肯伯口停了一夜；第二天在飛克威灣入口處的一個小鎮過夜；第三天經過偶島北角，駛入伊拔諾海峽。他們在那裡把船帆降下，改為划槳，因為這一帶總有一側是陸地，也一定能和別的船隻打招呼，無論是大小船隻或商人貨賈，他們有的常年行駛海上，載運著奇貨從外陲區而來；有的則像麻雀跳躍似地，只在內極海各島嶼間往來。

從熙熙攘攘的伊拔諾海峽南轉之後，他們背對黑弗諾島航行，經過阿爾克、伊里安，這兩座島嶼僅中等大小，城市卻很多。接著，由內極海駛向柔克島的那段航程開始下雨起風。

夜裡，風力轉強，他們降下船帆與桅杆。次日一整天划槳前進。這艘長船雖然平躺在波浪之上雄渾前行，但船尾的舵手掌著長舵槳，一面注視擊打大海的天雨時，卻除了滂沱大雨，什麼也看不見。藉由磁石指引，他們轉向西南，雖然還算清楚該怎麼行駛，卻不知道是在穿越什麼水域。水手談到柔克島北方的沙洲，也提起柔克島東邊的波里勒斯岩。格得在一旁靜聽。有人爭論說，他們現在可能早就進入柯梅瑞島南方的開闊水域了。

海風越來越強，被吹碎的巨浪變成水沫飛濺。雖然他們依舊划槳向西南前進，但每個人的划槳工時縮減了，因為風雨中划槳非常辛苦。連較年輕的槳手，也都分配兩人負責一支槳。自從駛離弓忒島以後，格得也和別的水手一樣輪班划槳。沒划槳的人要汲水，因為海水嚴重飛打入船裡。大風吹襲的海浪，有如冒煙的山脈在奔跑。大夥兒任風雨打在背上，雖然又痛又冷，始終沒歇手。鼓擊聲穿透暴風雨的轟隆聲，有如怦怦心跳。

一名水手跑去替代格得的划槳班，要他去船首找船長。船長那件斗篷的鑲邊上儘管雨水奔洩，但他照舊像只大酒桶似地頑強挺立在甲板上。他低頭看格得，問：「你有辦法減小這風勢嗎，小夥子？」

「不行，先生。」

「對付鐵，你行嗎？」

船長的意思是，格得能不能扭轉羅盤指針，讓它指出柔克島的方向——亦即指出他們需要的方向，而不是指北。那種技巧是海洋師傅的訣竅之一，但格得照舊得說：他不會。

「既然這樣，你就必須等我們到了霍特鎮，另外找船載你去柔克島。因為現在柔克島一定在我們西邊，但這樣的風雨，只有靠巫術才能帶我們航越這片海到柔克島。而我們的船必須一直向南行駛。」

格得不喜歡船長這項安排，因為他曾聽水手談起霍特鎮，曉得它是個怎樣無法無天的地方：往來的船隻盡幹壞事，很多人被抓去當奴隸賣到南陲。

他回到原本划槳的位置，與同伴合力划，這位同伴是個壯實的安卓少年。他耳朵聽著鼓聲咚咚；眼睛看著船尾懸掛的燈籠隨風跳動：那盞燈籠真是薄暮急雨中受盡折磨的一抹微光。在一起一落用力划槳的節奏中，只要能有空檔，格得就盡量向西望。有一次，船被海浪高舉起來，在那片黑壓壓霧茫茫的海水之上、雲層之間，他突然瞥見一丁點亮光，看似夕陽餘暉，但不是夕陽那種紅色，而是清亮的光。

他的划槳夥伴沒看見那亮光，但他大叫說有。當船隻又再次被海浪高舉起來時，舵手也拚命看，最後總算見到格得所說的亮光，但他回吼道那是夕陽餘暉。於是，格得叫一個正在汲水的年輕人替他划一下槳，自己設法走過板凳中間的窄小走道。走動時他必須緊抓雕龍的船緣，才不會翻出船外。到了船首，他大聲對船長說：「先生！西邊那道亮光是柔克島！」

「我沒看見什麼亮光呀！」船長大吼。格得急忙伸手遙指，結果，在疾風暴雨、巨浪滔天的大海西邊，大家都瞧見了那個放射清晰光芒的亮點。

船長立刻高聲叫舵手西行，駛向那亮光。他不是為了他的旅客，而是為了不讓他的船再承受暴風雨。他對格得說：「乖乖，你說話倒像個海洋巫師。但我可告訴你，在這種鬼天氣之下，如果把我們帶錯方向，到時候我會把你丟出船，叫你游泳去柔克島！」

現在，他們雖然不用搶在暴風雨前頭行駛，卻必須橫駛穿過風向。這可難了，因為海浪正面衝擊船舷，所以海水老是把船往南推離新航線。而且海水一再打進船裡，汲水動作不能稍歇。槳手也得留神，免得船隻左右搖晃時，先把他們拉回的槳抬出海面，順勢再把他們整個人拋擲在板凳之間。

由於暴風雨的緣故，烏雲蔽空，天色幽暗，但他們有時還是可以看見西邊那光亮，這就足夠讓他們據以調整航線勉力前進了。最後，風力稍微減弱，那光漸漸變大。他們繼續划行，好像每划一下，就多躲開暴風雨一點、也多駛入清朗的空氣一點。那情形宛如穿過一張帘幕進入一處清朗的天地，而在那處清朗天地裡，空中和海面都泛發日落後的紅光。從浪頭上方看去，他們見到不遠處有座高圓的綠色山丘，山丘下是一座建在小海灣裡的小鎮，海灣裡的船隻都安靜地定錨而泊。

舵手倚著他的長舵槳回頭大叫：「先生！那是真的陸地？還是巫術變的？」

「你這沒頭沒腦的笨蛋，繼續保持前進方向！划呀，你們這些沒骨氣的奴子奴孫！任何一個傻瓜都看得出來，那就是綏爾灣、還有柔克島的圓丘呀！划！」

於是，槳手隨著咚咚鼓聲，疲乏地把船划進海灣。灣內無風無雨很寧靜，所以他們可以聽見鎮上的市聲及鐘聲，與暴風雨的轟隆巨響遠遠相離。島嶼周圍一哩外的北方、東方和南方烏雲高懸；但柔克島上方是寧靜無雲的天空，星斗正一顆顆露面放光。

【第三章】

巫師學院
The School for Wizards

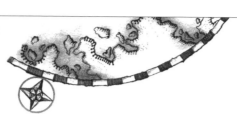

當晚，格得睡在「黑影」上，次日一早便與他生平第一批海上同志告別。他爬上碼頭時，大夥兒都歡歡喜喜在後頭大聲祝福他。

綏爾鎮不大，挑高的房子簇擁在窄小陡斜的幾條街上，可是在格得看來，就像一座城市一樣，實在不曉得該往哪裡走才好。他向碰到的頭一個鎮民打聽，哪兒可以找到柔克學院的護持，那人斜眼打量他一會兒才說：「智者不需要問，愚者問了也徒勞。」講完便逕自沿街走開。格得只好繼續爬坡上行，一直走到一座廣場。廣場的其中三面是有尖銳石板屋頂的房舍，第四面是一棟雄偉建築，牆上僅有的幾扇小窗比四周房舍的煙囪頂端還要高，看起來像是座碉堡或城堡，採用堅實的灰岩建造而成。那棟建築底下的廣場區搭了些市場棚架，棚架之下有人群來往。格得走過去詢問一位提著一籃貽貝的老婦，老婦回答：「學院護持不在他在的地方，但偶爾可在他不在的地方找到。」說完就提著貽貝繼續叫賣去了。

那棟雄偉建築的一角，有扇不起眼的小木門，格得走過去用力敲。有位老人來開門，格得對他說：「我帶來一封信，是弓忒島的歐吉安法師要我交給這島上學院護持的。我要找那位護持，但不想再聽什麼謎語或取笑了！」

「這裡就是學院。」老人溫和地說：「我是守門人。你若進得來，就進來。」

格得移步向前。他覺得自己已穿過門檻，實際卻還站在原本所在的門外行道上。

他再次向前，結果仍立於門檻外的原地。門檻裡的守門人眼神平和地看著他。

格得感到忿怒大於困惑，因為此時的情形簡直是加倍捉弄他。於是他伸手出聲，施展起很久以前姨母教過他的「開啟術」，那是姨母所有咒語中的至寶，格得能操持自如。但那畢竟只是村野女巫的一個魔咒，所以把持門檻的力量完全不為所動。

開啟法術的失效讓格得在行道上呆立良久。最後，他注視在門檻內等候的老人，心不甘情不願地說：「我進不去，除非你幫我。」

守門人回答：「說出你的名字。」

格得又呆立不動。因為除非碰到大於性命的危險，否則一般人絕不會大聲說出自己的名字。

「我叫格得。」他大聲說。接著他向前移步，進了門檻。可是他彷彿覺得，光雖然在他身後，有個黑影卻緊隨他進門。

他原以為門檻是木製的，進門後轉身一看才發現，其實是沒有接縫的牙製門檻。後來他才知道，那門檻是切割巨龍的一顆大牙做成的。而老人在他進來後闔上的那扇門，則是由光亮如洗的龍角製成。外頭的白日天光穿透龍角門，微微照亮屋內。龍角門內面雕鏤了「千葉樹」。

「歡迎光臨，孩子。」守門人說完，沒再多言，即帶領格得穿過許多廳廊，到了距離外牆很遠的一處寬廣內庭。內庭沒有遮棚，地面一部分以石材鋪設，未鋪石材的一塊草地上有座噴泉，正在陽光照射的幾棵小樹下噴著水。格得獨自在那兒等候。他雖然靜靜站著，心卻狂跳不止，因為他彷彿感覺四周有靈氣和力量在運行，他也明白這地方不僅僅是石材所造，也是由比石材更為堅固的魔法營造而成。他就站在這「智者之家」最深邃的空間裡，而這裡竟開闊通天。突然，他注意到有個穿白衣的男人，正透過流淌的噴泉看著他。

兩人四目相遇時，有隻小鳥在枝頭高鳴。那一瞬間，小鳥的啁啾、流泉的話語、雲朵的形狀、擺動樹葉的風勢，格得全都明瞭。他自己，彷彿也是陽光傾吐的一個字。

而後，那一瞬間消逝，他和天地萬物都回復原狀——或者說，幾乎回復原狀。他上前跪在大法師跟前，把歐吉安的親筆信函遞上。

柔克學院的護持倪摩爾大法師是位老翁，據說他是世上最年邁的人。他開口親切地向格得表示歡迎，話音振顫如鳥鳴。他的頭髮、鬍鬚、長袍都是白的，看上去彷彿所有的黑暗與重荷都因歲月緩慢流逝而濾淨，使這位法師宛如漂流百年的浮木，僅餘白色與耗損。

「我的眼睛不行了，沒辦法看你師傅寫的信。」他顫聲道：「孩子，你唸給我聽罷。」

信是用赫語符文寫的，格得努力辨認後大聲朗讀。內容很簡要：「**倪摩爾閣下！若形勢無欺，今日我送來的這位，他日將成為弓忒島絕頂卓越的巫師。**」信末署名不是歐吉安的真名，而是歐吉安的符文：「緘口」。其實，格得至今還未知曉他師傅的真名。

「既然是曾控制地震的那人把你送來，我們加倍歡迎。歐吉安年少時從弓忒島來這兒學習，和我很親近。好了，孩子，先說說你的航行經過、遇到什麼特別事情罷。」

「大師，旅程很平順，只是昨天有一場暴風雨。」

「是哪艘船把你載來的？」

「黑影號，是安卓島的貿易船。」

「是誰的意思要你來的？」

「是我自己的意思。」

大法師先注視格得，然後望向別處，開始講些格得聽不懂的話，像一位龍鍾老

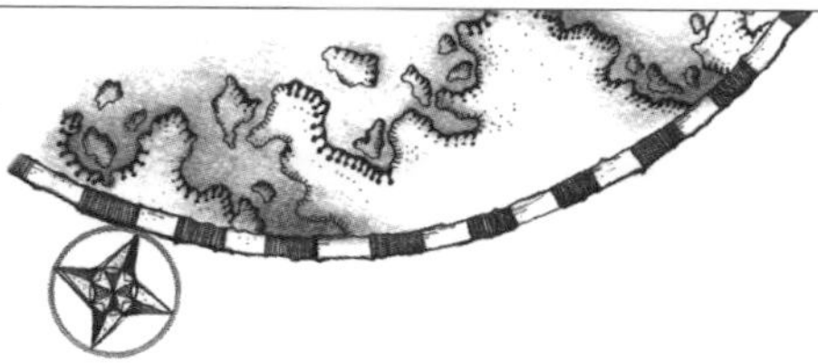

人，心思在過往歲月及各島嶼間流轉時的喃喃自語。可是，在這段喃喃自語之間，卻穿插稍早小鳥啁啾及噴泉流淌的話語。大法師不是在施咒，聲音裡卻有股力量觸動了格得的心緒，使他感到惶惶然，頃刻間，他似乎看見自己在一處古怪的荒地上，單獨站在許多黑影間。但他自始至今都一直站在陽光遍灑的內庭，聆聽噴泉漾落。

一隻甌司可島的大型黑色渡鴉在庭內石地和草地上漫步。牠走到大法師的白袍子邊停佇，全身漆黑，以匕首似的喙及卵石似的眼睇視格得。牠在倪摩爾大法師倚靠的白木杖上啄了三下，這位老巫師便不再唸唸有辭，微笑了起來。

「孩子，你玩玩去吧。」大法師終於開口了，像對小孩說話一樣。

格得再次向大法師單膝下跪。起身時，大法師不見了，只有那隻黑鳥站著注視他，伸著嘴，像要啄那枝業已消失的木杖。

小鳥說話了，格得猜那是甌司可島的話。「鐵若能，悠絲巴！」牠伊伊呀呀叫著：「鐵若能，悠絲巴，歐瑞可！」然後便與來時一樣，很神氣地走了。

格得轉身離開內庭，忖度著該往哪裡去。

拱廊下迎面走來一名高個兒青年，他禮貌地鞠躬，向格得打招呼：「我叫賈似珀，乃黑弗諾島上優哥領主恩維之子。今天由我為您效勞，負責帶您參觀這座宏軒館，並盡量回答您的疑問。先生，我該如何稱呼您？」

格得這個山村少年畢生從未和富商巨賈或達官貴人的公子爺相處，他一聽眼前這傢伙滿嘴「效勞」、「先生」，還鞠躬作揖，只覺得是在嘲弄他，便簡單不客氣地回答：「別人叫我雀鷹。」

對方靜候片刻，似乎在等一個較像樣的回禮。他等不到下文，便挺直腰桿，稍微轉個方向，開始帶路。賈似珀比格得年長兩三歲，身材很高，舉手投足流露出僵硬的優雅，如舞者般裝模作樣（格得心想）。賈似珀身穿灰斗篷，帽兜甩在後頭。

第一站，他帶格得去衣帽間。既然進了學院當學徒，格得可以在衣帽間裡找件適合自己的斗篷及其餘可能需用的衣物。格得選好斗篷穿上，賈似珀便說：「現在，你是我們的一員了。」

賈似珀說話時總是隱約帶笑，使格得硬是在他的客氣話裡尋找取笑的成分，因而他不高興地回答：「難道法師是靠服裝打扮就算數了嗎？」

「倒不是。」年長的男孩說：「但是我曾聽說，觀其禮，知其人。接下來，我們去哪兒好？」

「隨你的便，反正我對宏軒館不熟。」

賈似珀帶領格得順著宏軒館的走廊參觀，給他看幾處寬闊的院子和有屋頂的大

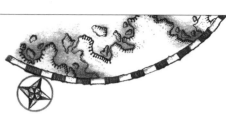

廳。「藏書室」是收藏智典和祕語卷冊的地方，寬廣的「家爐廳」則是節慶時全校師生聚首之處。

樓上眾塔房是師生就寢的小房間。格得睡在南塔，他的房間有扇窗子，可以俯瞰綏爾鎮家家戶戶陡斜的屋頂及遠處的大海。房間裡與別的寢室一樣，除了角落擺了一張草床外，別無家具。賈似珀說：「我們這裡生活非常簡樸，但我想你應該不會介意才對。」

「我習慣了。」格得說畢，想表示自己不輸給眼前這個客氣但瞧不起人的小子，便接著說：「我猜你剛來時一定不習慣吧？」

賈似珀注視著格得，表情不言自明：「我是黑弗諾島優哥領主的子嗣，你怎麼可能曉得我習慣什麼，不習慣什麼？」但他說出口的卻只是：「這邊走。」

兩人還在樓上時已聞鑼聲響起，於是他們下樓到膳房的長桌邊進午餐。同時用膳的約有百餘個男孩和青年，隔著炊房和膳房間的遞菜口，每個人一邊與廚子開玩笑，一邊自行從冒著熱氣的大碗裡，把食物舀到個人盤中，再走到長桌邊找個喜歡的位置坐下。賈似珀告訴格得：「聽說不管多少人來這張桌子就座，總會有位子。」看起來位子確實足夠。桌邊有一群群鬧烘烘、吃飯講話都大氣的男孩；還有些人年紀較長，他們的灰斗篷領口都有銀扣環。那些大孩子比較安靜，或獨自一人，或兩兩成雙，每人臉上都帶著嚴肅沈思的表情，好像有很多事要思考。賈似珀帶格得去和一個名叫費蕖的大個兒少年同坐，費蕖很少講話，只顧專心吃東西。他說話有東陲人的口音，膚色很深，不像格得和賈似珀及多數群島區的人是紅褐色皮膚，而是黑褐色。費蕖為人率直，舉止毫不虛矯。他吃完後先抱怨食物，然後轉頭對格得說：「至少這裡食物還不至於像學院裡很多事物一樣是幻象，足夠撐托肋骨。」格得聽不懂他的意思，但直覺喜歡這少年，而且很高興他願意在餐後待在他們身邊。

三人一同進鎮，讓格得熟悉環境。綏爾鎮的街道沒幾條，都很短，卻在屋頂挑高的房子間彎來繞去，教人摸不清而容易迷路。這個小鎮古怪，鎮民也古怪，雖然與別鎮居民一樣，不外漁夫、工人、技匠等，但他們都太習慣這個智者之島所施展的魔法了，所以好像自己也是半個術士。格得早已發現這裡的人講話如打謎。要是看見小男孩變成魚，或是房子飛到半空中，也沒有人會眨一下眼睛，因為他們曉得那是學童惡作劇。而且就算看到也沒人會擔心，修鞋的照舊修鞋，切羊肉的繼續切羊肉。

爬坡走過學院後門外，繞越宏軒館的幾個花園之後，這三名男孩走過一座橫跨綏爾河清流的木橋，行經樹林和草地，繼續朝北。小路蜿蜒向上，引領他們穿越幾座橡樹林。由於太陽明豔，橡樹林蔭特別濃密。左邊不太遠有一座樹林，格得一直沒辦法看清楚，雖然好像總在不遠處，卻不見小路通往那裡。他甚至無法辨識那林子長的是什麼樹。費蕖瞥見格得在凝望那片樹林，便輕聲說：「那是『心成林』，我們現在還不能進去，可是……」

陽光晒熱的草地上黃花遍開。「這是星草花。」賈似珀說：「以前，厄瑞亞拜奮勇抵禦火爺入侵內環諸島時，伊里安島遭大火焚燒，灰燼隨風飛揚，所到之處就長出了星草花。」賈似珀對著一枝凋萎的花吹氣，鬆浮的種子隨風上揚，在陽光下有如火星點點。

小徑帶領他們上坡，環繞一座大綠丘的山麓。這綠丘渾圓而無樹，正是格得搭船進入被施咒的柔克島海域時，曾從船上遙見到的綠丘。賈似珀在山腳止步。「在黑弗諾家鄉，我常聽人讚歎不已地舉述弓忒島的巫術，所以早就想見識了。如今我們有了來自弓忒的師弟，而此刻我們又碰巧站在柔克圓丘的山麓。由於圓丘根柢深入地心，所以無論在這裡施展什麼法術，效力都特別強大。雀鷹，你為我們施個法術吧，展現一下你的作風。」

格得張惶失措，呆住了，什麼也沒說。

「賈似珀，慢慢來，讓他自在些時候吧。」費蕖以其坦率作風直言。

「他要不是有法術，就是有力量，不然守門人不會讓他進來。既然如此，他現在表演和以後表演不都一樣？對不對，雀鷹？」

「我不會法術，也沒有力量，」格得說：「你們把你們剛剛說的表演給我看看。」

「當然是幻術嘍，就是形似的那些把戲花招，像這樣！」

賈似珀口念怪字，手指山麓綠草。只見他所指之處淌下一道涓涓細流，而且慢慢擴大成泉水，流下山丘。格得伸手去摸那道流泉，感覺濕濕的，喝起來涼涼的，儘管這樣卻不解渴，因為那是虛幻的山泉。賈似珀唸了別的字之後，泉水立即消失，青草依舊在陽光中搖曳。「費蕖，換你了。」賈似珀臉上露出慣有的陰冷微笑。

費蕖搔搔頭，很傷腦筋的樣子，但他還是抓起一把泥土，開始對那把泥土唱唸，並用深褐色的手指捏壓揉擠，突然間，那把泥土變成一隻像熊蜂或毛蒼蠅的小昆蟲，嗡嗡嗡飛越柔克圓丘，不見了。

格得站著看傻了，很心虛。除了少數幾項村野巫術，用來集合山羊、治療疣瘤、修補鍋子、移動物品的咒語以外，他還懂什麼？

「我才不玩這種把戲。」格得說。費蕖聽格得這麼說也就作罷了，因為他不想

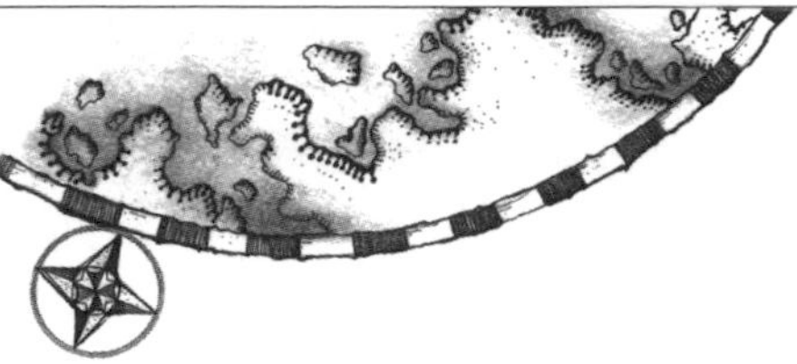

鬧僵。賈似珀卻說：「為什麼你不玩？」

「法術不是遊戲，我們弓忒人不會為了好玩或贏取稱讚而施法術。」格得傲然回答。

「那你們施法術的目的是什麼？」賈似珀問：「為了錢嗎？」

「才不是！」但格得想不出其他既可以隱藏無知、又可以挽救自尊的回答。賈似珀笑了笑，倒無惡意。他引領格得與費藁繞過柔克丘繼續前進。格得滿心不悅地跟在後面，很想發火，因為他曉得自己剛才表現得像個笨蛋，而他把這全怪在賈似珀頭上。

當晚，柔克島巫術學院的宏軒館全然寂靜，格得躺在沒有燈火的石室草床上，身子裹在斗篷裡。對這地方，他感到生疏；對過去曾在此地施展過的法術和魔法，他感到畏怯。種種感受和想法沈甸甸地壓著他。他的身軀被黑暗籠罩，內心則充滿恐懼，他真希望自己身在別處，只要不在柔克島上便行。

沒想到，費藁就在此時來到他房門口，詢問可否進來聊聊。他是借助一小枚懸在頭頂上方的幻術假光，照亮行路走來的。他與格得閒聊，先問格得有關弓忒島的事，然後很懷念地講起他自己在東陲的家鄉。費藁談到，傍晚時分家鄉各村莊爐火冒出來的煙，如何飄在小島間寧靜的海上；那些小島的名字也很有趣，比如扣兒圃、卡圃、猴圃、芬圍、肥米墟、易飛墟、狗皮墟、斯乃哥等等。為了讓格得明瞭家鄉島嶼的形狀，費蕖用手指在石地上描繪，那描線隱隱發光，有如用銀棒繪成，一會兒才漸漸消褪。費蕖來學院已經三年，不久就可以升為術士。表演那些初級魔法之於他，如同飛行之於鳥，一點也不稀奇；但是他有一項更了不起的天生技藝，那就是「友善」。從那晚起，費蕖經常提供並贈與格得的是一種確定、開放的友誼，而格得也總是自然而然予以回報。

不過，費蕖對賈似珀也同樣友善。到學院第一天，在柔克圓丘的山麓，格得曾遭賈似珀愚弄，這件事格得一直不肯忘卻，賈似珀好像也不肯忘卻。他對格得說話時，一直都是口氣有禮但面帶嘲弄的微笑。格得的自尊心不容藐視或輕侮，所以他發誓，有朝一日他要向賈似珀和以賈似珀為首的一幫師兄弟證明，他的力量有多強大。這些師兄弟儘管會耍一些聰敏的把戲，但沒有一人曾運用巫術救了全村人；也不曾有人讓歐吉安寫明說，將來會成為弓忒島絕頂卓越的巫師。

自尊心這麼加強後，格得以強大的意志力完成學院給予的工作，以及灰斗篷師傅們傳授的各種課程、手藝、歷史、技術等等。那幾位穿灰斗篷的師傅，大家習慣以「九尊」合稱。

每天有一段時間，格得跟隨「誦唱師傅」研讀英雄行誼與智慧詩歌。第一課是

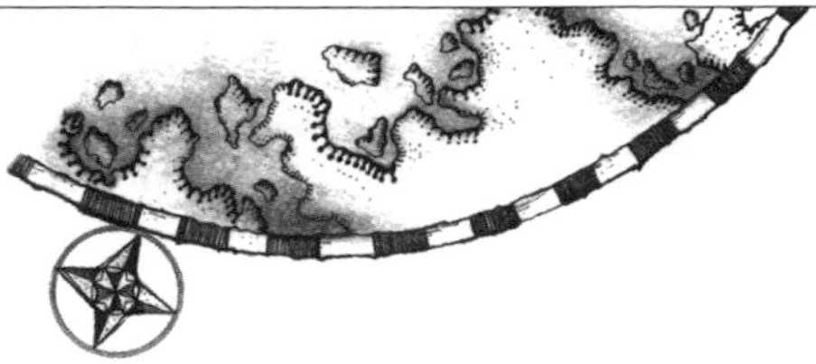

最古老的一首：《伊亞創世歌》。接著，格得與十二位同門跟隨「風鑰師傅」學習風候和天候的技藝。整個春天及初夏，每個晴朗的日子，他們全待在柔克灣的小船內，練習用咒語駕船、鎮浪、對風說話、升起大法術風。這些都是錯綜複雜的技術，格得常因風向突然回轉，船帆迴向，而被帆桁打中腦杓；或是和另一艘船相撞，儘管他們有整個大海灣可以航行；或是大浪突然來襲，把船上的三個男孩意外掃出去游泳。

有些日子，課程是在比較平靜的岸上探險。這種課程是跟隨「藥草師傅」學習，他會教大家認識藥草的種類與生長的方式。「手師傅」則教他們變換的基本法術或一些戲法與魔術。

格得嫻熟所有的課程，不到一個月就已經比來了一年的師兄優秀了。他尤其敏於學習幻術，好像天生就知道那些幻術，只待旁人提醒而已。手師傅是個和藹爽朗的老者，擁有取之不盡的快活機智，所教的技法也都蘊含技藝之美。所以不久格得便不怕他了，常常找他問這問那，而手師傅也總是微笑著把格得想學的教給他。有一天，格得由於一心想讓賈似珀出醜，便在「形似庭院」問手師傅：「師傅，您教的這些咒語都很類似，一通即全通。可是往往施法的力量一鬆弛，幻象就消失了。比如現在，我把一顆卵石變成鑽石，」格得說著抽動手腕，口唸一咒，就變出了一顆鑽石。「但是我要怎樣才能讓它保持鑽石的樣子？要怎麼鎖牢變幻法術，讓鑽石持久？」

手師傅注視格得手中閃閃發光的鑽石，它明亮得有如龍藏至寶。老師傅口唸一字：「拓」，格得手中的鑽石立刻變成粗糙的灰卵石，鑽石就不見了。師傅把卵石取過來握著。「在『真言』裡，這種岩石叫『拓』。」老師傅溫和看著格得，說：「它是柔克島製造出來的一小顆石頭，也是一小撮可以讓人類在上頭生活的乾泥土。但它就是它自身，是天地的一部分。藉由幻術的變換，你可以使『拓』看起來像鑽石、或是花、蒼蠅、眼睛、火焰。」那粒小岩石隨著老師傅叫出的名字，一再變換形狀，最後又變回岩石。「但這些都只是『形似』。幻象愚弄觀者的感覺，是幻象使觀者『看、聽、感覺』，以為那東西好像變了，但幻象並沒有改變物質本身。倘若要把這顆岩石變成鑽石，你必須變換它的真名。可是，孩子，那樣做以後——即使只是將天地間這一微小的部分變換，也是改變了天地。要變，是有辦法變的，確實可以，沒有錯，那是『變換師傅』的本領，那項本領等你做好必要的準備之後遲早會學到。不過，如果不曉得變換了以後，緊接著會出現什麼好壞結果，即使只是一樣物品、一顆小卵石、一粒小砂子，也千萬不要變換。宇宙是平衡的，處在『一體至衡』的狀態。巫師的變換能力或召喚能力會動搖天地平衡，那種力量是危險的，非常危險。所以，務必依知識而行，務必視需要才做。點亮一盞燭光，即投出一道黑影……」

老師傅再度注視那顆卵石。「你瞧，一塊岩石本身就是好東西。」他說著，漸漸不那麼嚴肅了：「要是地海所有的島嶼全是鑽石構成，那我們可有苦日子過啦。孩子，對於幻象，欣賞就好，讓岩石還是當岩石吧。」他微微笑著，可是格得不滿意。無論誰緊緊追問法師，想問出法術訣竅，法師就一定與歐吉安一樣，會講什麼平衡、危險、黑暗啦等等。可是，任何一位巫師若已超越這些幻象兒戲，而臻至召喚術、變換術等真正的法術時，肯定有足夠的力量可以隨心所欲，按照自己認為的最佳狀態去平衡天地，並運用個人光亮把黑暗驅趕回去。

他在轉角遇見賈似珀。自從格得的學業開始在學院各處廣受讚美以來，賈似珀對格得說話好像更加友善客氣，但嘲弄意味也更深。「雀鷹，你看起來鬱鬱不樂，」他說，「你的戲法魔咒失效了嗎？」

格得如以往一樣，這一次也很希望能和賈似珀站在平等的立足點上。所以他只顧回答問題，而沒留意那股嘲弄：「我已經厭倦戲法，厭倦這些幻術的把戲了，它們只適合娛樂那些在城堡和領地裡閒閒度日的老爺。柔克島傳授給我的唯一真法術是製造假光，還有一點天候法術。其餘都只是唬人的玩意兒。」

「即使是唬人的玩意兒，在愚者手中也很危險。」賈似珀說。

格得聽了這話，有如當面被賞一個巴掌，立刻朝賈似珀上前一步。可是，這位年長的男孩微笑著，好像剛才說的話並無侮辱之意，只僵硬優雅地點點頭就走了。

格得站在原地，看著賈似珀的背影，心中充滿了憤怒。他發誓，一定要超越自己的敵手，不止是幻術，連力量也要贏過他。他要證明自我，羞辱賈似珀；他不會讓那傢伙站在那裡，用優雅、輕蔑、怨恨的態度瞧不起他。

格得沒有深思賈似珀怨恨他的可能原因，他只曉得自己為什麼怨恨賈似珀。進學院以來，別的學徒很快就發現，不管是運動或積極學習，他們都很少能與格得相比，所以大家談起格得時不是稱讚就是鼓勵，師兄弟都說：「格得是天生的巫師，永遠不會被你打敗。」只有賈似珀一人，既不稱讚格得，也不迴避他，一逕微微笑著，那神態確實是看輕格得。既然獨獨賈似珀一人與他作對，那他一定要讓賈似珀難看才行。

格得執著於這個對立的觀點，並當做個人自尊似地培養。他沒有想通，或者說不肯想通的一點是：在這股對立中，潛藏著手師傅溫和警告過的各種危險和黑暗。

格得不受純粹的忿怒驅動時，很清楚自己還不是賈似珀或其餘師兄的對手，所以也就照例埋首工作，如常學習。夏末，工作稍微減少，也比較有時間運動。師兄弟或在港口進行法術船賽，或在宏軒館的庭院舉行幻宴，或利用漫長的黃昏在樹林玩捉迷藏。捉迷藏時，雙方都隱形，只聽見彼此的說話聲和笑聲在樹木間移動，大家循著即明即滅的幻術假光，彼此追趕或閃避。秋天來臨，大夥兒重回工作，練習新魔法。如此這般，格得在柔克島的頭幾個月充滿熱情和驚奇，時間很快就過去了。

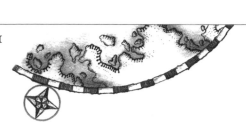

冬天可就不同了。格得與七位師兄弟被送去柔克島北端岬角，即「孤立塔」所在之處。孤立塔內單獨住著「名字師傅」，他的名字「坷瑞卡墨瑞坷」，在任何一種語言裡都不具意義。孤立塔方圓數哩內無一農莊或住家。它矗立在北角懸崖上，陰陰森森；冬天海上的雲層灰灰沈沈，八個初習生跟隨名字師傅，必修的功課就是一排排排名字，無止無盡。塔中高房內，與眾徒弟同室的坷瑞卡墨瑞坷高據首席，書寫一排排名字，那些名字必須在午夜之前記住，否則屆時墨跡會自動消退，只剩空無一字的羊皮紙張。塔內寒冷昏暗，終年寂靜，僅有的聲音是師傅執筆寫畫的聲音，偶爾一聲歎息，發自某個學徒。在這修習中，對於培尼海上一個小島「婁叟」，其沿岸每個岬角、島端、海灣、聲響、海口、海峽、海港、沙洲、礁石、岩石的名字統統要學會。學徒如果抱怨，師傅或許什麼也不說，只是加上更多名字；要不然就會說：「欲成為海洋大師，必知曉海中每一滴水的真名。」

格得有時會歎氣，但從未抱怨。學習每個地方、每樣事物、每個存在的真名，雖然枯燥難解，但格得在這種學習中，看到他所冀求的力量，就像寶石般躺臥在枯涸的井底，因為魔法存在於事物的真名裡。他們抵達孤立塔的頭一晚，坷瑞卡墨瑞坷曾告訴他們這點，雖然他後來沒再提起，但格得一直沒忘記：「很多具備雄厚力量的法師，終其一生都在努力尋找一項事物的名字——一個已然失卻、或隱藏不顯的名字。儘管如此，現有的名字仍未臻完備，就算到世界末日，也還是無法完備。只要你們仔細聽就會明白為什麼。陽光下的這個世界，和沒有陽光的另一個世界，都有很多事物與人類或人類的語言無關；在我們的力量之上，也還有別的力量。但是魔法——真正的魔法，惟有使用地海赫語、或地海赫語所由生的『太古語』的那些存有者，才能施展。

「那就是龍的語言，創造世界眾島嶼的兮果乙的語言，也是我們的詩歌、咒語、法術、妖術所用的語言。但到了今天，太古語文潛藏在我們的赫語裡，而且產生了變化。比如，我們稱海浪上的泡沫為『蘇克恩』，這個字由兩個太古詞彙構成：『蘇克』—羽毛，與『伊尼恩』—海洋。『海洋的羽毛』就是『泡沫』。可是如果口唸『蘇克恩』，仍無法操縱泡沫，必須用它的太古語真名『耶撒』，才能施展魔力。任何女巫多少都懂得幾個太古語的字詞，法師懂得更多。但我們不懂的還更多，有的因年代久遠而散失；有的則藏而不顯；有的只有龍和地底的太古力才通

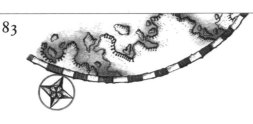

曉；還有一些則根本沒有生物知道，當然也沒有誰能悉數習得，因為那種語言廣袤無邊。

「道理就在這裡。海洋的名字是『伊尼恩』，人盡皆知，沒有問題。可是，我們稱為『內極海』的那座海洋，在太古語裡也有自己的名字。既然沒有東西會有兩個真名，所以『伊尼恩』的意思只可能是：『內極海以外的全部海洋』。當然它的意思也不僅止於此，因為還有數不清的海洋、海灣、海峽，各自有各自的名字。因此，要是有哪個海洋法師瘋狂到想要對暴風雨施咒，或是平定所有海洋，他的法術就不僅要唸出『伊尼恩』，還得講出全群島區、四陲區、以及諸多無名的所在以外，包括整個海洋中的每一片、每一塊、每一方。因此，給予我們力量去施展魔法的，也同時限制了這份力量的範圍。也因此，法師只可能控制鄰近地帶那些他能夠精準完備地叫出名字的事物。這樣也好，因為若非如此，那些有力量的邪惡分子或智者之中的愚頑分子，一定早就設法去改變那些不可改變的事物了，那麼『一體至衡』勢必瓦解，失去平衡的海洋也會淹沒我們冒險居住的各個島嶼，太古寂靜中，一切聲音和名字都將消失。」

格得長久思考這些話，已然透徹了悟。可是，這項課業莊嚴的特質，終究無法讓待在孤立塔一整年的長期研讀變得容易或有趣一點。一年結束時，坷瑞卡墨瑞坷對格得說：「你的啟蒙功課學得不錯。」便沒再多說。巫師都講真話；而且，辛苦一年才學會的那些名字操控技巧，只是格得終生必須繼續不斷學習的開端而已。由於學得快，格得比同去的其餘師兄弟早一步離開孤立塔；這就是格得僅有的讚美了。

初冬，格得踽踽獨行，沿著冷清無人的道路南越島嶼。夜晚來臨，雨落了下來，他沒有持咒驅雨，因為，柔克島的天氣掌握在風鑰師傅手中，恐怕要改也改不了。格得在一棵巨大的潘第可樹下避雨。他裹緊斗篷躺著，想起歐吉安師傅。他猜想師傅這時可能依舊在弓忒高地繼續秋日漫遊：露天夜宿，把無葉的樹枝當屋頂，滴落的雨絲當牆壁。想到這裡，格得微笑起來，因為他發現，每想起歐吉安，總帶給他安慰。他滿心平靜地入睡，寒冷的黑暗裡雨水喃喃。待曙光醒轉，雨已停歇，格得看見一隻小動物蜷曲在他的斗篷褶縫裡取暖安睡。望著那動物，格得頗感驚奇，因為那是一種名叫「甌塔客」的罕見獸類。

甌塔客只見於群島區的南部四島：柔克、安絲摩、帕笛、瓦梭。體型小而健壯，臉寬、眼大而明亮，毛色深棕或帶有棕斑。牠們不會叫、不會發出任何聲音，但牙齒無情、脾氣猛烈，所以沒有人把牠們當寵物豢養。格得撫摸著伏在手邊這一隻，於是牠醒來打個哈欠，露出棕色小舌和白牙，一點也不怕格得。「甌塔客。」

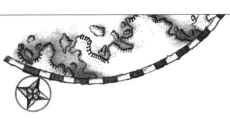

格得一邊喚道，一邊回顧在孤立塔所學的千萬種獸名，最後，他用太古語的真名叫喚這動物：「侯耶哥！想不想跟我走？」

甌塔客安坐在格得張開的手中，開始舔洗皮毛。

格得把牠放在肩上的帽兜內，讓牠跨伏在那兒。白天裡，牠有時會跳下來，倏地竄進林中，但最後總會回來。有一次回來時還叼著牠抓到的一隻木鼠，格得笑起來，叫牠把木鼠吃了，因為當天是日迴節慶之夜，也是他禁食的齋戒期。格得就這樣在雨濕的傍晚經過柔克圓丘，看見宏軒館的屋頂上方有許多假光在雨中閃耀。待他進了宏軒館，眾師傅和師兄弟在燈火通明的大廳歡迎他。無家可回的格得感覺好似返家一樣，很高興重見這麼多熟悉的面孔，尤其是見到費蕖深褐色的臉龐堆起深濃的微笑，上前歡迎他。格得才知道這一年他有多麼想念這位朋友。費蕖已在秋季升為術士，不再是學徒了，但這並沒有成為兩人之間的障礙，他們一見面就暢聊起來。格得感覺和費蕖重相會的這第一個小時裡，他所講的話比在孤立塔一整年所講的話還多。

大夥兒在家爐廳的長桌旁落座，準備啟用慶祝日迴的晚餐時，甌塔客依舊跨騎在格得肩頭。費蕖看見這隻小動物很是驚奇，一度伸手想撫摸牠，但甌塔客張開利牙咬了他一下。費蕖笑了起來說道：「雀鷹，聽說受野生動物青睞的人，連岩石、流泉等太古力也會用人類之聲對他們說話。」

「人家說，弓忒島的巫師常馴養動物，」坐在費蕖另一邊的賈似珀說：「我們倪摩爾老師傅就養了隻渡鴉。詩歌中也曾提到，阿爾克島的紅法師用一條金鏈子牽著野豬。但我還沒聽過有哪個術士會在帽兜裡養老鼠。」

聽了這番話，大夥兒都笑起來，格得與大家一同歡笑。那一晚是歡樂的節慶之夜，與同伴共度節慶，置身在溫暖和快活中讓格得很開心。不過，賈似珀這次講的笑話與他以前講的笑話一樣，都讓格得不快。

那天晚上，偶島島主是光臨學院的賓客之一，島主本人也是知名術士，曾經是柔克島大法師的徒弟，所以有時會在日迴節慶或夏季長舞節回來。他偕同夫人來作客，偶島夫人苗條又年輕，亮麗如新銅，烏黑的秀髮上戴著鑲貓眼石的冠冕。由於難得見到女子坐在宏軒館的廳堂內，有幾位老師傅不以為然地斜目注視她；但年輕男士都張大了眼凝視。

費蕖對格得說：「我願意為了這樣的美人，全力施展宏偉的魔法……」他歎口氣，笑了起來。

「她只不過是個女人呀。」格得回答。

「葉芙阮公主也只是個女人，」費蕖說：「但由於她的緣故，英拉德島全變成廢墟，黑弗諾島的英雄法師辭世，索利亞島也沈入海底。」

「那都是老故事。」格得雖這麼說，卻也開始注視偶島夫人，揣想古代故事所講的世間美人，是不是就這個樣子。

誦唱師傅已經唱完《少王行誼》。接著，在場師徒齊唱「冬頌」。賈似珀利用眾人站起來之前的短暫空檔迅速起身，走到最靠近爐邊那張坐著大法師、眾師傅與貴賓的桌子旁，拜謁偶島夫人。賈似珀已是個青年，長得魁梧俊秀，斗篷領口有銀色環扣，因為他也是今年升為術士，銀色環扣就是術士的標記。夫人冠冕上的貓眼石讓黑髮一襯托，熠熠生輝。她微笑靜聽賈似珀講話，在場師傅也都慈祥頷首，同意賈似珀為夫人表演一段幻術。賈似珀讓一棵白樹由石地板裡冒出來，枝幹向上延伸，碰到高高的屋梁。每根樹枝上的小樹枝都掛著發亮的金蘋果，每顆蘋果都是一個太陽，因為這棵樹是一棵「年樹」。忽然間，枝幹間飛出一隻小鳥，全身雪白，尾巴有如白雪瀑布。接著，所有的金蘋果光澤漸暗，變成種子，每顆種子都是一小滴水晶，由樹枝落下，發出如雨的聲音。霎時飄來一陣香氣，樹葉在搖擺中變成玫瑰般的火焰，白花也好似星辰……幻術至此便逐漸淡去。偶島夫人開心地叫了起來，她耀眼的頭頻頻向這位青年術士頷首，讚賞他的法力。「你來我們偶島居住吧——可以吧，老爺？」夫人孩子氣地詢問嚴肅的丈夫。但賈似珀只說：「夫人，等我把師傅們傳授的技巧練習精通，當得起您的讚美時，我會樂意前往，而且永遠甘心為您效勞。」

賈似珀取悅了在場所有人——只有格得除外。格得出聲附和眾人的讚美，內心卻沒有附和。「我還可以施展得比他更好。」格得在酸酸的妒意中對自己說。從那刻起，當晚所有的歡樂便在他心中為之黯淡陰沈。

【第四章】

釋放黑影
The Loosing of the Shadow

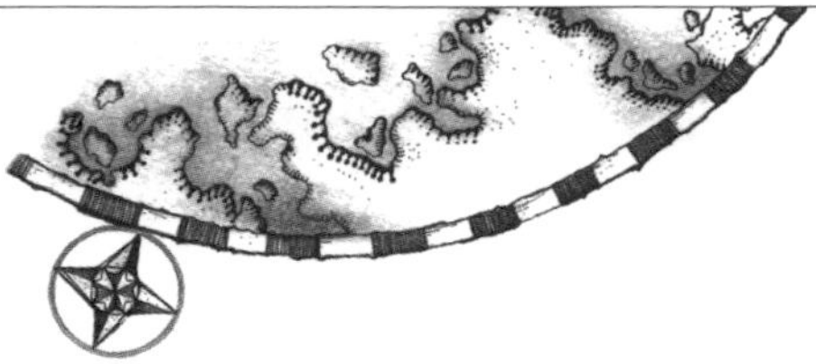

是年春，不管是費蕖或賈似珀，格得都很少見到，因為他們已升為術士，可以跟隨「形意師傅」在祕密的心成林研習。學徒級的學生不能進入心成林，所以格得留在宏軒館，與眾師傅學習術士必修的技巧。術士是已學會魔法，但還沒執手杖的弟子。術士必修的技巧有：呼風術、氣候控制術、尋查暨捆縛術、法術編造、法術寫構、算命術、誦唱術、萬靈療術、藥草術。格得夜裡獨自在寢室，總會在書本上方放置燈火或燭火之處變出一小團假光，研讀「進階符文」及「伊亞符文」——這類符文皆用於宏深大法。這些技巧格得很快便學會，學徒們因而紛紛謠傳，有哪些師傅曾表示少年格得是柔克有史以來最敏捷的學生。這項傳聞漸傳漸誇大，甚至把甌塔客也扯了進來，說牠是精靈假扮，會在格得耳邊悄聲傳達智慧。甚至還有傳言說，格得初抵學院時，大法師的渡鴉曾以「準大法師」的遠景向格得致敬。無論大家是否相信這些傳言，也不管他們喜不喜歡格得，多數學生都欽佩格得，也渴望在格得領導大家競賽取樂時追隨他，畢竟春日的暮光漸長，格得罕見的野性也有勃發之時。不過，格得大都把心思放在功課上，努力持守驕氣和脾氣，所以很少加入大夥兒的比賽。格得雖置身於師兄弟之間，但費蕖不在，他就沒有朋友了，而他也沒想過自己想要有個朋友。

格得十五歲了。要學習巫師或法師的高超技術，他還太年幼。但格得學習各種幻術都奇快無比，以至於那位年紀尚輕的「變換師傅」也在不久後就開始單獨教導格得，傳授變形真法。變換師傅解釋，為何把一樣東西真正變成另外一種東西時，必須重新命名，才能維持咒語的效力；他還告訴格得，如此一來，變換後的東西周遭事物的名稱和本質將受到何等的影響。他也提到變換法術的危險，其中最大的危險就是：巫師改變個人形狀之後，極可能被自己的法術定住。由於格得流露出理解的自信，年輕的變換師傅不由得受到驅使，而一點一點多教些；漸漸地，他不止傳授格得變換術，甚至指導格得「變換大法」，並把《變形書》借給他研讀。這些事大法師都不知情，變換師傅這麼做雖然出於無心，其實是不智之舉。

格得也跟隨「召喚師傅」一同習法。召喚師傅是個嚴肅的長者，由於長年傳授艱深沈鬱的巫術，自己也被感染得沈鬱了。他教的不是幻術，而是真正的魔法，就是召喚光、熱等能量，以及牽引磁力的那種力量；還有人類理解為重量、形式、顏色、音聲等的那些力量。那些都是真正的「力」，源於宇宙深奧的巨大能量。那種力，人類再怎麼施法，再怎麼使用，也無法耗盡或使之失衡。學徒們雖然早已認識天候師傅及海洋師傅呼風喚海的那類技藝，但是只有他曾經讓眾學徒見識到，為什麼真正的巫師只在需要時才使用這種法術：因為召喚這些塵世力量，等於改變了這個世界，而這些塵世力量也是世界的一部分。他說：「柔克島下雨，可能導致甌司可島乾旱；東陲平靜無浪，西陲可能遭暴風雨夷平。所以除非你清楚施法後的影響，否則千萬不要任意行動。」

至於召喚實體和活人、喚醒神靈和亡魂、召祈無形等等，那些咒語都是召喚人類技藝和大法師力量之高峰，他很少對學生談起。有一兩次，格得試著引導師傅透露一點這種祕術，可是師傅沈默不語，反而表情嚴厲地注視格得良久，害格得漸漸不安起來，就不再說什麼了。

格得在施行召喚師傅教他的那些次級法術時，的確偶爾會感到不安。那本智典中的幾頁，有些符文看似熟悉，卻不記得在什麼書上看過。施行召喚術時必說的某些片語，他也不喜歡講。凡此種種都讓他立刻想起漆黑房間裡的黑影，想起緊閉的房門裡，黑影從門邊角落向他逼近。他急忙把這些想法和回憶拋開，繼續施法。他告訴自己，他之所以會碰到這種恐懼和幽暗的時刻，純粹是因為他個人無知而產生的暗影。只要他學得愈多，懼怕的事物就會愈少；等到他最後擁有巫師全部的力量時，就一無所懼了。

那年夏季的第二個月，全校師牛再度聚集在宏軒館慶祝月夜節及長舞節。那一年，這兩個節日出現在同一天，所以節慶將持續兩晚。這種情況每五十二年才會發生一次。節慶的頭一個夜晚是一年中黑夜最短的月圓之夜。曠野間有笛子吹奏，綏爾鎮到處是鼓聲和火炬，歌唱聲響遍柔克灣月光映照的海面。第二天早晨日出時，柔克學院的誦唱師傅開始誦唱長詩《厄瑞亞拜行誼》。那首詩歌講述黑弗諾島建造白塔樓的經過；以及厄瑞亞拜如何由伊亞太古島出發，經過群島區和各邊陲，抵達西陲的最西邊，並在開闊海的邊緣遇見歐姆龍。最後，他的骸骨被破碎的盔甲覆蓋，倒臥在歐姆龍的龍骨之間，一同棄置在偕勒多島的孤獨海岸邊，他的劍卻高懸在黑弗諾島最高塔樓的頂端，至今仍在內極海海面上的夕陽霞光中閃現紅光。詩歌唱畢，長舞開始。鎮民、師傅、學生、農民等男女老少簇擁在柔克島街上，置身燠熱的灰塵和暮色中，一同隨著鼓聲、風管、笛聲跳舞，沿路跳到海灘和海上。天空圓月高懸，音樂聲融合在碎浪聲中。東方既白，大夥兒便爬上海灘，走回街道，鼓聲停了下來，只有笛子輕柔傾訴著。當天晚上，群島區每個島嶼都是這樣慶祝：一種舞蹈、一種音樂，把眾多被海洋分隔的島嶼連結了起來。

長舞節結束，很多人第二天竟日高枕，到了傍晚又聚在一起吃喝。有一群年輕的小夥子、學徒和術士把膳房的食物搬出來，聚在宏軒館的院子裡舉行私人晚宴。這群人就是：費蕖、賈似珀、格得與六、七個學徒，還有幾個從孤立塔暫時釋放出來的孩子，因為這種節慶也把坷瑞卡墨瑞坷帶出塔房了呢。這夥年輕人盡情嬉鬧吃喝，為了純粹的玩興，也像王宮裡的奇幻表演一樣耍耍魔術。有個男孩變出假光，合成一百顆星星照亮院子，這些光有珠寶般的七彩，散落在這群學徒和天空真正星光之間的空中，一撮撮緩緩前進。另兩個學徒把碗變成一球球綠色火焰和圓滾柱，只要火球一靠近，柱子就彈起跳開。費蕖呢，一直疊腿坐在半空中，拚命啃烤雞。一個較年幼的學徒想把他拉到地上，費蕖卻反而飄得更高，讓他搆不著，然後鎮靜地坐在空中微笑。他不時朝地面拋棄雞骨頭，丟下來的雞骨頭轉眼變成貓頭鷹，在假光星群間咕咕叫著。格得將麵包屑變成箭，射到空中把貓頭鷹逮下來。貓頭鷹與箭一落地，又變成了雞骨頭和麵包屑，幻術就消失了。格得也曾飛到空中與費蕖作伴，可是由於他還沒學通這項法術的祕訣，所以必須不停拍動手臂，才能浮在空中。大夥兒看他邊飛邊拍的怪樣子都笑起來。為了讓大家繼續笑，格得使繼續耍寶，與大家同歡。經過兩個長夜的舞蹈、月色、音樂、法術，他正處在高昂狂野的情緒中，預備迎接任何來臨的狀況。

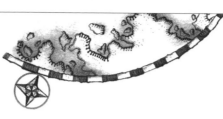

末了，他終於輕輕在賈似珀身邊著地站立。從不曾笑出聲的賈似珀挪了挪位置，說：「一隻不會飛的雀鷹……」

「賈似珀是真的寶石嗎？」格得轉身咧嘴笑道：「噢，術士之寶；噢，黑弗諾之玉，為我們閃耀吧！」

操作假星光，使光線在空中跳躍的那位少年，這時移了一道光過來，繞著賈似珀的頭跳躍發光。賈似珀當晚雖沒像平常那麼冷酷，這時卻皺起眉，揮揮手，用鼻子噴氣，把星光呼走。「我受夠了小男孩吵吵鬧鬧的蠢把戲！」

「少年人，你快步入中年了。」費蘗在空中評論道。

「如果你現在想要寂靜和陰沈的話，」一個年紀較小的男孩插嘴說：「你隨時都可以去孤立塔呀。」

格得對賈似珀說：「那你到底想要什麼，賈似珀？」

「我想要有旗鼓相當的人作伴。」賈似珀說：「費蘗，快下來讓這些小學徒自己去玩玩具吧。」

格得轉頭面向賈似珀，問：「什麼是術士有而學徒缺乏的？」他的聲音平靜，但在場男孩突然全部鴉雀無聲，因為由格得及賈似珀的語調中聽來，兩人間的恨意此時宛如刀劍出鞘般清晰分明。

「力量。」賈似珀回答。

「我的力量不亞於你的力量，我們旗鼓相當。」

「你向我挑戰？」

「我向你挑戰。」

費蘗早已下降著地，這會兒趕緊跑到兩人中間，臉色鐵青。「學院禁止我們用

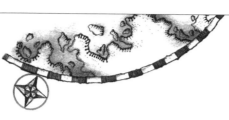

法術決鬥。你們都清楚院規，此事就此平息吧！」

格得與賈似珀呆立無語，因為他們確實都曉得柔克的規矩；他們也明白，費蕖的行為出於友愛，他們兩人則是出自怨恨。不過他們的忿怒只稍稍停歇，並沒有冷卻。只見賈似珀向旁挪動一點點，好像只希望讓費蕖一個人聽見似地，冷冷微笑說：「你最好再提醒你的牧羊朋友，學院的規定是為了保護他。瞧他一臉怒容，難道他真的認為我會接受他的挑戰？跟一個有羊騷味的傢伙，不懂『高等變換術』的學徒決鬥？」

「賈似珀，」格得說：「你又知道我懂什麼了？」

頃刻間，沒有人聽見格得唸了什麼字，格得就憑空消失了。他站立的地方有一隻隼鷹在盤旋，並張開鷹勾嘴尖叫。頃刻間，格得又站在晃動的炬光中，雙目暗沈沈地盯著賈似珀。

賈似珀先是驚嚇得後退一步，但現在他只聳聳肩，說了兩個字：「幻術。」

其餘人都竊竊私語。費蕖說：「這不是幻術，是真正的變換身形。夠了，賈似珀，你聽我說——」

「這一招足夠證明他背著師傅偷窺《變形書》。哼，就算會變又怎樣？放羊的，你再繼續變換呀。我喜歡你為自己設下的陷阱。你愈努力證明你是我的對手，就愈顯示你的本性。」

聽了這番話，費蕖轉身背對賈似珀，很小聲地對格得說：「雀鷹，你肯不肯當個男子漢，馬上停手，跟我走——」

格得微笑注視他的朋友，然後只說：「幫我看著侯耶哥一會兒，好嗎？」格得伸手把原本跨乘在他肩頭的小甌塔客抓下來，放在費蕖手中。甌塔客一向不讓格得以外的任何人觸摸，可是這時牠爬上費蕖的手臂，蜷縮在他肩頭，明亮的大眼一直沒離開過主人。

「好了。」格得對賈似珀說話，態度平靜如故：「賈似珀，你打算表演什麼，好證明你比我強？」

「放羊的，我什麼也不用表演。不過我還是會給你一點希望，一個機會。嫉妒就像蘋果裡的蟲一樣啃蝕著你。我們就把那條蟲放出來吧。有一次在柔克圓丘上，你誇口說弓忒巫師不隨便耍把戲。我們現在就到圓丘去，看看不耍把戲的弓忒人都做些什麼。看完以後，說不定我會表演一個小法術讓你瞧瞧。」

「好，我倒要瞧瞧。」格得回答。他暴烈的脾氣稍有受侮辱的跡象就爆發，別的師兄弟平常已習慣，所以此時反而訝於格得的冷靜。費蕖卻不驚訝，而是越來越擔心害怕。他試著再度斡旋，但賈似珀說：「費蕖，快撤手別管這件事了。放羊

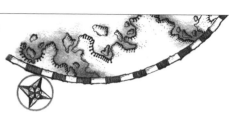

的，你打算怎麼利用我給你的機會？你要表演幻術讓我們看嗎？還是火球？還是用魔咒治癒山羊的羊皮癬？」

「你希望我表演什麼，賈似珀？」

年紀較長的少年聳聳肩說：「我什麼也不感興趣，不過既然如此，你就召喚一個亡靈出來吧。」

「我就召。」

「你召不出來的，」賈似珀直視格得，怒氣突然像火焰般燃燒著他對格得的鄙視。「你召不出來，你不會召喚，又一直吹噓……」

「我以自己的名字起誓，我會召喚出來！」

大家一時之間都站著動也不動。

費蕖使盡蠻力，想把格得拉回來，可是格得卻掙脫他的拉力，頭也不回，大踏步走出院子。原本在大家頭上舞動的假光已然消失淡去，賈似珀遲疑一秒鐘，尾隨格得去了。其他人零零散散跟隨在後，不發一言，又是好奇，心裡又是害怕。

柔克圓丘的陡坡向上攀升，沒入月升前的夏夜黑暗中。以前曾有許多奇術在這山丘施展過，因此此處氣氛凝重，宛如有重量壓在空氣中。他們一行人聚攏到山麓時，不由得想到這山丘的根基多麼深遠，比大海更深，甚至深達世界的核心中那團古老、神祕、無法親睹的火焰。大家在東坡止步，山頂黑壓壓的草地上方，可以瞧見星斗高懸，四周平靜無風。

格得往坡上爬了幾步，稍微離開眾人，便轉身以清晰的聲音說：「賈似珀！我該召喚誰的靈魂？」

「隨你喜歡。反正沒人會聽你的召喚。」賈似珀的聲音有點顫抖，大概是生氣的關係。格得用挖苦的口氣回道：「你害怕了？」

就算賈似珀回答，他也不會仔細聽，因為他已經不把賈似珀放在心上了。站在柔克島這座圓丘上，怨恨與怒火已然消逝，代之而起的是十足的把握。他犯不著嫉妒任何人，此時此刻站在這塊幽暗著魔的土地上，他知道自己的力量比以往都更為強大，那股力量在他體內充塞，讓他幾乎無法抑制而顫抖。他知道賈似珀遠不及他，或許他只是奉派在今晚將格得帶到此處；他不是格得的對手，只是成全格得命運的一個僕人。腳底下，格得可以感覺山根直入地心黑暗；頭頂上，他可以觀望星辰乾爽遙遠的閃爍。天地間，萬物均服膺於他的指揮及命令。他，立足於世界的中心。

「你不用怕，」格得微笑說：「我打算召喚一個女人的靈魂。你不用怕女人。我要召喚的是葉芙阮，《英拉德行誼》中歌頌的美女。」

「她一千年前就死了，骸骨躺在伊亞海的深處。而且，可能根本沒有這麼一個女人。」

「歲月與距離對死者有影響嗎？難道詩歌會說謊？」格得依舊有點譏諷。他接著又說：「注意看我兩手之間的空氣。」他轉身離開眾人後立定。

他以極為緩慢的姿勢伸展雙臂，那是開始召靈的歡迎手勢。接著他開始唸咒。

他唸著歐吉安書中召喚咒語的符文，那是兩年前或更久以前的事了，那次之後他再也沒看過那些符文。當時，他在黑暗中閱讀；現在，他置身於黑暗中，彷彿回到那天晚上，把展開在面前的書頁符文，重新讀過一遍。不同的是，這次他看得懂所讀的東西，不但可以一字一字大聲讀出來，而且還看見一些記號，曉得這個召喚術必須融合聲音和身、手的動作，才能運行。

別的學生站著旁觀，沒有交談、沒有走動，只有些微發抖——因為大法術已經開始施展了。格得的聲音原本保持輕緩，這時變成深沈的誦唱，但大家聽不懂他唱的字是什麼。接著，格得閉嘴靜默。突然，草地間起風了。格得跪下，大喊出聲，然後他俯身向前，彷彿以展開的雙臂擁抱大地。等他站起來時，緊繃的手臂中似乎抱著某種陰暗的東西，那東西很重，他費盡力氣才站了起來。熱風把山丘上黑壓壓的青草吹得東倒西歪。如果星星還閃爍著，也沒人看得見了。

格得兩唇間先是窸窸窣窣唸著咒語，唸完後，清清楚楚大聲喊出來：「葉芙阮！」

「葉芙阮！」他再喊一次。

他剛舉起來的那個不成形的黑團一分兩半。黑團碎裂了，一道紡錘狀的淡淡幽光在格得張開的雙臂間閃現。那道幽光隱約呈橢圓狀，由地面延伸到他手舉的高度。在橢圓狀的微光中，有個人形出現了片刻：是個高挑的女子，正轉頭回顧。她的容貌很美，但神情憂傷，充滿恐懼。

那靈魂只在微光中出現剎那，接著，格得雙臂間那道灰黃的橢圓光越來越亮，也越來越寬，形成地面與黑夜間的一條縫隙，世界整個結構的一處裂口。裂縫中閃現出一道刺眼的強光，在這明亮畸形的裂縫中，有一團像黑影塊的東西攀爬著，那東西又敏捷又恐怖，倏地便直接跳到格得的臉上。

在那東西的重量撲擊之下，格得搖搖晃晃站立不穩，並惶急嘶吼一聲。甌塔客在費蕖肩頭觀看，牠本不會發聲，這時竟大叫出聲，並跳躍著好像要去攻擊。

格得跌倒在地，拚命掙扎扭打。世間黑暗中的那道強光在他上方加寬擴展。一旁觀看的男孩都逃了，賈似珀跪伏在地，不敢正視那道駭人強光。現場只有費蕖一人跑到他朋友身邊，因此只有他一人見到那團緊附著格得的黑塊正撕裂格得的筋肉。它看起來就像一隻黑色的怪獸，大小如幼兒般，只是這幼兒似乎會膨脹縮小，而且沒有頭也沒有臉，只有四隻帶爪的掌，會抓又會撕。費蕖嚇得嗚咽抽泣，但他仍然伸出雙手，想把格得身上那東西拉開。但他還沒碰著那東西，身體就被鎮縛住，不能動彈了。

那道刺眼難耐的強光逐漸減弱，世界被撕裂的邊緣也慢慢閉合。附近有個聲音，說話輕柔得宛如樹梢細語或噴泉流淌。

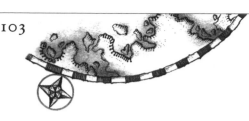

星光恢復閃爍，山腳的青草被初升的月亮照得發白，治癒了黑夜，光明與黑暗的平衡呈現復元與穩定。那隻黑影怪獸不見了。格得仰面橫躺在地，手臂張開，彷彿還保持著歡迎與召魂的姿勢。他的臉被血染黑，衣服上有很多污漬。毆塔客蜷縮在他肩頭顫抖著。他上方站著一位老人，老人的斗篷在月色中呈現蒼白的微光：原來是大法師倪摩爾。

倪摩爾手杖的尾端在格得的胸膛上方旋轉，發出銀光。它一度輕觸格得的心臟，一度輕觸格得的嘴唇，同時，倪摩爾口中還唸唸有辭。不久，格得動了一下，張開嘴巴吸氣，大法師這才舉起手杖，放到地上。他垂下頭，倚著手杖，樣子沈重得彷彿幾乎沒有力氣站立。

費蕖發現自己可以行動了。他環顧四周，看到召喚師傅與變換師傅也已經到場。施展宏大巫術時，不可能不驚動這些師傅，而且必要時，他們也自有辦法火速趕到。只不過，沒有人比大法師來得快。這時，兩位師傅已經派人去尋求協助。來者有的陪伴大法師離開，有的（費藁是其中之一）把格得抬到藥草師傅那裡。

召喚師傅整夜待在圓丘守候監視。剛才，世界在這個山腳下給撕開了，如今卻沒有任何風吹草動：沒有黑影趁著月色匍匐到這裡來尋找裂縫，以爬回自己的疆域。那黑影躲過了倪摩爾，也避開了法力無邊、環繞保護柔克島的咒語城牆，但它現在就在人間，在人間的某處藏匿著。假如格得當晚喪命，它可能早就想辦法找到格得開啟的那扇門，追隨他進入死亡之境，要不就是偷偷溜回它原來的什麼地方；為此，召喚師傅才在圓丘邊守候。但格得活下來了。

大夥兒把格得放在治療室的床上。藥草師傅先處理他臉孔、喉嚨、肩膀的傷。那些傷口很深而且參差不齊，顯見傷人者極其惡毒。傷口的黑血流個不停，藥草師傅在傷口上施了魔咒，還包覆網狀藥草葉，血仍汩汩流滲。格得躺在那裡又瞎又聾，全身發燒，像慢火悶燒的一根棍子。沒有咒語能把燒灼格得的東西冷卻下來。

不遠處，噴泉流淌的露天庭院裡，大法師也無法動彈地躺著，但全身發冷。他非常寒冷，只有眼睛還能活動，凝望著月光下的噴泉滴落、樹葉搖動。他身邊那些人既不施咒也不治療，只偶爾安靜交談，然後轉頭俯看他們的大法師。大法師靜靜躺著，他的鷹勾鼻、高額頭、白頭髮等讓月光一漂白，盡皆呈現骨頭似的顏色。為了制止格得輕率施展的咒語，驅趕貼附格得的那個黑影，倪摩爾耗盡全部的力量，他的體力散失了，奄奄一息地躺著。不過，像他這般崇高的大法師，一輩子涉足死亡國度乾萎的陡坡無數次，所以辭世時都十分奇特：因為這些垂死的崇高法師並不盲目，而是一清二楚地踏上死亡之路。倪摩爾舉目望穿樹葉時，在場的人都不知道他看見的是夏季破曉時隱淡的星辰，還是不曾在山丘上方閃爍、也不曾見過曙光的異域星辰。

甌司可島的渡鴉是倪摩爾三十年來的寵物，而今已不見蹤影。沒人看到牠去哪裡了。「牠比大法師先飛走了。」大夥兒守夜時，形意師傅這麼說。

天亮了，第二天暖和又晴朗。宏軒館和綏爾鎮的街道一片沈靜，沒有熙熙攘攘的聲音，直到中午，誦唱塔的鐵鐘才刺耳地大聲響起。

次日，柔克九尊在心成林的某處濃蔭下聚首。即使在那兒，他們仍然在四周安置九座靜默牆，如此一來，他們從地海的所有法師中選擇新任大法師時，才不至於有人或力量來找他們談話或聽見他們討論。威島的耿瑟法師中選。選定後，馬上有條船奉派航越內極海，前往威島，負責把新任大法師帶回柔克島。風鑰師傅站在船首，升起法術風到帆內，船很快就啟程離開。

這些事，格得一概不知。那個燠熱的夏季，他臥床整整四週，目盲、耳聾、口啞，只偶爾像動物一樣呻吟吼叫。最後，在藥草師傅耐心護理下，治療開始生效，他的傷口漸漸癒合，高燒慢慢減退。雖然他一直沒講話，但好像漸漸可以聽見了。一個爽利的秋日，藥草師傅打開格得臥床的房間門窗。自從那晚置身圓丘的黑暗以來，格得只曉得黑暗。現在，他看見天日，也看見陽光照耀。他掩面哭泣，埋在手中的是留有傷疤的臉。

直到冬天來臨，他仍只能結結巴巴說話。藥草師傅一直把他留在治療室，努力引導他的身體和心智慢慢恢復元氣。一直到早春，藥草師傅才終於釋放他，首先就派他去向新任的大法師耿瑟呈示忠誠，因為耿瑟來到柔克學院時，格得臥病，無法和大家一起履行這項責任。

他生病期間，學院不准任何同學去看他。現在，他緩步經過時，有些同學交頭接耳問道：「那是誰？」以前，他步履輕快柔軟強健；現在，他因疼痛而跛行，動作遲緩，臉也不抬起來，他的左臉已經因傷疤而澹白了。那些人不管識與不識，他一概躲避，就這樣一直走到湧泉庭。他曾經在那裡等候倪摩爾；如今耿瑟在等候他。

這位新法師與前任大法師一樣穿著白斗篷，但他和威島及其他東陲人一樣是黑

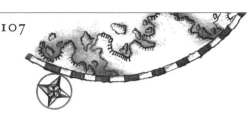

褐色皮膚，濃眉底下的面色也黑沈沈的。

格得下跪呈示忠誠與服從。耿瑟沈默了片刻。

「我曉得你過去的行為。」他終於說：「但不曉得你的為人，所以我不能接受你的忠誠。」

格得站起來，一隻手撐著噴泉邊那棵小樹的樹幹穩住自己。他仍舊十分緩慢地尋找自己要講的話：「護持，我要離開柔克島嗎？」

「你想要離開柔克島嗎？」

「不想。」

「那你想要什麼？」

「我想留下來，想學習，想收服……邪靈……」

「倪摩爾本人都收服不了……放心，我不會讓你離開柔克島。只有島上師傅們的力量，以及這島上安置的防衛，才能保護你，使那些邪惡的東西遠離。要是你現在離開，你放出來的東西會立刻找上你，進入你體內，占有你。如此一來，你就會變成尸偶，只能遵從黑影的意志行事的傀儡。你務必留在島上，直到你恢復力氣和智慧，足夠保護自己為止，這就要靠你自己了。即使現在它也還在等你。它必定在等你。那晚之後，你有再見到它嗎？」

「曾在夢裡見過。」過一會兒，格得沈痛慚愧地繼續說：「耿瑟法師，我實在不曉得它是什麼，那個從咒語中蹦出來黏住我的東西——」

「我也不曉得。它沒有名字。你天生有強大的內力，卻用錯地方，去對一個你無從控制的東西施法術，也不知道那個法術將如何影響光暗、生死、善惡的平衡。你是受到自尊和怨恨的驅使而施法的。毀滅的結果難道有什麼出人意料嗎？你召喚一名亡靈，卻跑出一個非生非死的力量，不經召喚便從一個沒有名字的地方出現。邪惡透過你去行惡，你召喚它的力量給予它凌駕你的力量：你們連結起來了。那是你的傲氣的黑影，是你的無知的黑影，也是你投下的黑影。影子有名字嗎？」

格得站在那兒，難受而憔悴，半晌才說：「最好我當時就死掉。」

「為了你，倪摩爾捨卻自己的生命，你是何許人，竟敢自判生死？既然在這裡安全，你就住下去，繼續接受訓練。他們跟我說你很聰明，那你就繼續進修吧，好好學習。目前你能做的就是這樣。」

耿瑟講完，忽然間就不見了，大法師都是如此。噴泉在陽光下跳躍，格得看了一會兒，聆聽泉水的聲音，憶起了倪摩爾。在這庭院裡，格得曾覺得自己像是陽光傾吐的一個字。而今，黑暗也開口了：說了一個無法收回的字。

他離開湧泉庭，走向南塔，回自己從前的寢室，院方一直替他留著那個房間。

他獨自待在裡面。晚餐鑼響時他去用餐，卻幾乎不跟長桌邊其他學徒交談，也不抬頭面對他們，連那些最溫柔招呼他的人也不例外。因此一兩天後，大家便由他獨行了。格得渴望的就是獨行，因為他害怕自己不智，可能會口出惡言或做出惡行。

費蕖和賈似珀都不在，格得也沒有打聽他們的去向。他已經落後了好幾個月，所以他原本帶領或主導的那些師弟如今都超越了他，於是那年春天和夏天，格得都和較為年幼的學徒一同學習。格得在那些人當中，也不再顯露鋒芒，因為無論哪個法術裡的咒語——連最簡單的幻術魔咒，都會在他的舌尖上打住，兩隻手操作時也沒有力氣。

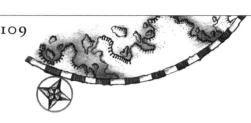

秋天，格得準備再赴孤立塔，隨名字師傅學習。他曾經畏懼的功課，現在反而欣然面對，因為沈默是他所尋求的。在這兒的長時間學習也毋須施咒，而且這段期間，他自知體內的那股力量仍然存在，也絕不會受到召喚而出來行動。

他前往孤立塔的前一晚，有個客人來到他的寢室。這個客人穿著棕色旅行斗篷，手持一根尾端鑲鐵的橡木杖。格得起身，盯著那根巫師手杖。

「雀鷹——」

聽這聲音，格得才抬起雙眼，站在那裡的是費蕖，他紮實穩當一如往昔，直率的黑臉孔略為成熟，微笑卻未變。在他肩上蹲伏著一隻小動物：花斑的毛色，明亮的眼。

「你生病期間，牠一直跟著我，現在真不捨得和牠分離。但更捨不得的是和你分離，雀鷹。不過，我是返鄉回家去。好了，侯耶哥，去找你真正的主人吧！」費藁拍拍甌塔客，把牠放在地板上，甌塔客走向格得的草床，開始用土色的乾舌頭當葉子似地搓洗身上的毛。費藁笑起來，但格得笑不出來。他彎下身子把臉藏住，撫摸著甌塔客。

「費藁，我以為你不會來看我。」格得說。

他沒有責備的意思，但費藁答道：「我沒辦法來看你，藥草師傅禁止；而且，冬天起，我一直在心成林的師傅那兒，等於把自己鎖起來了一樣。要等我拿到木杖才能自由。聽我說，等你也自由的時候就到東陲來，我會一直等你。那邊的小鎮很好玩，巫師也很受禮遇。」

「自由……」格得嚅嚅，略微聳肩，努力想微笑。

費藁注視著他，樣子不太像以前注視格得的樣子，他對朋友的愛沒有減少，卻多了點巫師的味道。費藁溫和地說：「你不會一輩子綁在柔克島的。」

「嗯……我想過這件事，說不定我會去和孤立塔的師傅一同工作，當個在書籍和星辰中尋找失落名字的一員，那麼……那麼就算不做好事，也不至於再為害。」

「說不定……」費蕖說：「我不是什麼預言家，但我看見你的未來，不是房室和書籍，而是遙遠的海洋，龍的火焰，城市的塔樓。這一切，在鷹鳥飛得又高又遠時，就看得見。」

「可是我背後……你看見我背後有什麼嗎？」格得問著，同時站起身來，只見兩人頭頂上方之間燃放的那枚假光，把格得的影子照在牆上和地上。接著，格得把頭別到一邊，結結巴巴問道：「你告訴我你要去哪裡，打算做什麼。」

「我要回家看我的弟弟妹妹，你聽我談過他們。我離開家鄉時，小妹還小，現在就快舉行命名禮了——想起來真奇怪！然後嘛，我會在家鄉那些小島之間的某處，找個巫師的工作。噯，我真希望留下來繼續和你說話，但是不行，我的船今晚開航，現在已經轉潮了。雀鷹，要是哪一天你途經東陲，你就來找我。還有，要是哪一天你需要我，就派人來告訴我，我的名字叫艾司特洛。」

聽到這裡，格得抬起帶著傷疤的臉，迎視朋友的目光。

「艾司特洛，」他說：「我的名字叫格得。」

接著，兩人靜靜地互相道別，費蕖轉身走下石造走廊，就離開了柔克巫師學院。

格得默然站立了片刻，有如剛剛收到天大消息的人，非得振奮精神才能接收。

費蕖剛才送他的是一份大禮：讓他得知他的真名。

除了自己與命名的人之外，沒有人知道一個人的真名。他可能在最後決定告訴他的兄弟，或妻子，或朋友，但即使是那少數人，只要有第三者可能聽到，他們也不會以真名相稱。在別人面前，他們就像其他人一樣，以通稱或綽號來稱呼，例如雀鷹、費蕖、歐吉安（意思是「樅樹毬果」）。要是一般人都把真名藏起來，只告訴幾個他們鍾愛且完全信任的人，那麼，巫師這類終日面對危險的人就更須隱藏真名了。知道一個人的名字，就掌握了那人的性命。所以，對已經喪失自信的格得而言，費蕖送的是只有朋友才會相贈的禮物：那是一項證明，證明未曾動搖、也不可動搖的信賴。

格得在草床上坐下，任頂上假光像耗盡一陣微弱的沼氣般慢慢熄滅。他撫摸甌塔客，甌塔客舒服地伸展四肢，伏在他的膝上睡著了，就像沒在別的地方睡過一樣。宏軒館靜悄悄的，格得突然想起：今天，是他個人的成年禮前夕。成年禮那天，歐吉安授與他真名。如今四年過去了，他仍記得當時赤身無名地走過山泉時那股寒意。他開始回想阿耳河裡其他鮮亮的水池，他曾經在那些水池裡游泳；他也懷念山間大斜坡林下的十楊村；懷念早晨走過村裡灰塵飄揚的街道時太陽投射的影子；懷念某個冬日下午在銅匠家裡，熔爐內風箱下跳躍的火焰；懷念女巫幽暗芳香的茅屋內，瀰漫著煙霧和咒語盤旋的空氣。他很久沒有想起這些點點滴滴了，在他十七歲的這個夜晚，這些事又重回記憶。他短暫破碎的人生所歷經的歲月和處所，一時又全都浮現心頭，成為一個整體。經歷了這段漫長、苦澀、荒廢的時期，格得終於再度認清他自己是誰，他身在何處。

然而，未來方向如何，他卻見不著，也畏懼一見。

次日，他啟程穿越島嶼，甌塔客和以前一樣跨騎在他肩頭。但他這次花了不止兩天，而是三天的時間，才走到孤立塔。格得在島嶼北端的淘淘白浪上見到孤立塔時，已疲累到骨子裡去了。塔內一如他記憶般幽暗，也如他記憶般陰冷。坷瑞卡墨瑞坷正在他的高座中書寫長串名字。他瞥一眼格得，沒說什麼歡迎之辭，彷彿格得根本沒離開過。「去睡吧。疲倦使人愚拙。明天，你可以翻開《創生者事蹟書》研習裡面的名字。」

冬季結束，他重返宏軒館，並升為術士。耿瑟大法師也接受他呈示的忠誠。從那時起，他開始學習高等技術與魔法，超越幻術技巧，邁入真正的法術，也是獲授巫杖必要的學習項目。經過這幾個月，已漸漸克服念咒時的困難，雙手的技巧也恢復了。不過，他也不像以前一樣學得那麼快，因為他已由恐懼中學到漫長艱辛的教訓。幸而，施行創造及變形的宏深大法時，已經沒有邪惡勢力或險惡會戰了，因為那是最危險的狀況。所以，他有時不由得想，那個被他釋放出來的黑影是否變得衰弱了；或者已經設法逃離人間界，因為已經有頗長一段時間，黑影不復出現在夢中。

然而，他心裡明白，那種希望是愚思妄想。

從眾師傅及古代智典裡，格得儘可能了解他釋放出來的「黑影」這種存在體，但能學到的不多。書中都沒有直接描述或提到這種存在，頂多只在事物書裡零零星星看到一些暗示，說它可能像一種「黑影獸」。它不是人類鬼魂，也不是大地太古力的產物，但看起來可能與兩者有點關聯。格得非常仔細閱讀《龍族本質》那本書，裡面講到古代一隻龍王的故事，說牠受到一種太古力控制，那太古力是一塊位於遙遠北方的「能言石」。書上說：「在那塊石頭操縱之下，那隻龍王果真開口，將一個靈魂從死亡之域舉升上來。但由於龍王誤解石頭的意思，結果竟除了那個死靈以外，把某樣東西也召喚了出來。那東西後來吞噬龍王，並假借龍王的身形出沒人間，危害世人。」但書上沒有說明那東西是什麼，也沒說故事結局如何。眾師傅都不曉得這樣一個黑影由何而來。大法師曾說，由無生界而來；變換師傅說，從世界錯誤的一邊而來；召喚師傅乾脆表示：「我不知道。」

格得生病期間，召喚師傅常來陪伴格得。他每次來照例是沈鬱嚴肅的樣子，但如今格得領會了他的慈悲，所以十分敬愛他。「我不清楚那東西，我知道的只有一點：惟有巨大的力量能夠召喚這樣一種東西。說不定，靠的只是一種力量：一種聲音——你的聲音。但這到底代表什麼意思，我就不懂了。不過，你會明白的，你非明白不可，不然就得死，甚至比死更不堪……」召喚師傅說話的語氣祥和，注視格得的目光卻很沈鬱。「你還年幼，以為法師無所不能。我以前也這麼認為。我們每個人都曾經有那種想法。但事實是，一個人真正的力量若增強，知識若拓寬，他得以依循的路途反而變窄。到最後他什麼也不挑揀，只能全心從事必須做的事……」

十八歲生日過後，大法師派格得去和形意師傅學習。在心成林研習的功課，其他地方很少人會談起。據說那裡不施法，但那地方本身就是魔法。那片樹林的樹木有時可以看見，有時卻看不見；而且那些樹木並非老是在相同的地方、也非總是屬於柔克島。有人說，心成林的樹木都有智慧。有人說，形意師傅是在心成林修練得到極致法術的，所以要是那裡的樹木死去，師傅的智慧也會隨之消亡；屆時，海水將升高並淹沒地海所有島嶼，淹沒所有人與龍居住的陸地——而這些島嶼和陸地是早在神話時代以前，由兮果乙從海水深處抬升起來的。

凡此種種均為傳聞，巫師皆不願談起。

又數個月過去了。在春季的某一日，格得終於返回宏軒館。院方接下去將安排他做什麼，他心中一點譜也沒有。穿越曠野之後，在通往圓丘的小路上那扇門的門口，有個老人在等他。起初格得不認得這老人，凝神一想才回憶起來：這老人就是五年前他初抵柔克時讓他進入學院的人。

老人微笑著先叫出格得的名字，作為招呼問候，然後問道：「你曉得我是誰嗎？」

格得回答之前先想了一想。人家都說「柔克九尊」，但他只認得八位：風鑰師傅、手師傅、藥草師傅、誦唱師傅、變換師傅、召喚師傅、名字師傅、形意師傅。一般人好像把新任大法師稱為第九位師傅。可是，遴選新任大法師時，是九位師傅集合選出的。

「我想，你是守門師傅。」格得說。

「格得，我是守門師傅沒錯。幾年前，你講出自己的名字才得以進入學院。現在，你得說出我的名字，才能獲得自由離開。」老人微笑說著，靜候答覆。格得怔立無語。

當然，他已經曉得千百種找出人事物名字的方法和技巧，他在柔克巫師學院學習的每件事情，都含有這種技巧。倘若沒有這項技巧，那麼，能夠施展的有效魔法就沒有幾個。然而，要找出法師和師傅的名字是截然不同的情況；論隱藏，法師名字比大海鯡魚藏得高明；論防衛，則比龍穴防衛得緊實。如果你施展探尋咒語，對方會有更強的咒語來應對；你用妙計，妙計會失敗；你拐彎抹角探問，會被拐彎抹角擋回；你使蠻力，那蠻力會回頭反擊自己。

「師傅，你看守的這扇門好窄，」格得終於說：「我想，我必須坐在外頭這片曠野裡齋戒，一直到瘦得擠得進去為止。」

「隨你喜歡。」守門人微笑說。

於是，格得走離門口一點，在綏爾溪岸邊一棵赤楊樹下落坐。他讓甌塔客跑到溪裡玩耍，在河泥裡尋獵溪蟹。夕陽西下，時候雖晚，但天色仍明，因為春天已經來臨了。宏軒館的窗戶有燈籠和假光在發亮，山坡下的綏爾鎮街道漆黑一片。貓頭鷹在屋頂咕咕叫，蝙蝠在溪河上方的暮色中翻飛。格得坐著一直想：要如何用武力、計謀或巫術，獲知守門人的名字。他越是思索，尋遍這五年來在柔克巫師學院習得的全部技藝，越是發覺沒有一個技巧可以用來捕捉這麼一位法師的這麼一個祕密。

他在野地裡躺下睡覺。星空在上，甌塔客安頓在衣袋內。日升之後，他仍然沒有吃東西，起身去門口敲門，守門人來開門。

「師傅，」格得說：「我還不夠強大，所以無法強取你的名字；也還不夠明智，所以無法騙得你的名字。所以我甘心留在這兒，聽從尊意，學習或效勞——除非你剛好願意回答我一個問題。」

「問罷。」

「師傅大名？」

守門人莞爾一笑，說出自己的名字。格得仿著重說一遍，才得以最後一次踏進那扇門，進入宏軒館。

再離開宏軒館時，格得穿了件厚重的深藍色斗篷，那是下托寧鎮鎮方贈送的禮物，他正要前往下托寧鎮，因為當地需要一名巫師。格得還帶了一根手杖，手杖長度與他身高相仿，以紫杉木雕成，杖底是黃銅製的金屬套。守門人向他道別，為他打開宏軒館的後門，那道龍角和象牙切割製成的小門。出了門，格得往下走到綏爾鎮，一條船就在早晨波光粼粼的海面上等候他。

【第五章】

蟠多老龍

The Dragon of Pendor

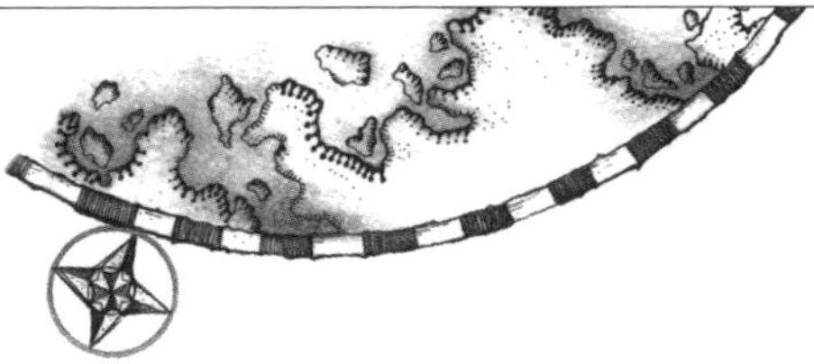

柔克島西邊，位於厚斯克島與安絲摩島南北兩大陸塊之間，是九十嶼。九十嶼當中，距柔克島最近的是瑟得嶼；最遠的是斜辟墟，幾乎處於帕恩海中。至於九十嶼的總數是否為九十，始終是個無法定奪的問題。因為，如果只計算有淡水泉的島嶼，大概有七十個；如果去細數每塊岩石，恐怕數到一百都還沒算完，海水就轉潮了。這一帶，小嶼之間的海峽都很窄小；而內極海的溫和浪潮只要一受擾動滯礙就高湧低伏。所以浪高時，某個地方或許是三個小島嶼；但浪低時就可能合成一個了。可是那一帶的海浪儘管危險，每個小孩卻都能划槳，也都擁有個人小船；家庭主婦常越過海峽去與鄰居聚飲一杯匆促茶；小販叫賣貨品則用船槳打出節奏。那裡的道路都是鹹水海路，相當通達；唯一可能堵塞通路的是魚網。當地的魚網大都跨越海峽，從某小嶼的房子連繫到鄰近小嶼的房子，專門用來捕捉一種叫「魠比」的小魚，這種小魚的魚油是九十嶼的財富。這裡橋梁很少，沒有大城鎮，每個小嶼擠滿農家和漁家的房舍。農漁兩業人舍聚集，就形成鎮區，大約十至二十個小嶼組成一個鎮區。其中最西邊的叫做下托寧，面向的不是內極海，而是外圍空闊的海洋。那片空闊的海洋可說是群島區的一個孤單角落，海上唯一的孤島是個巨龍劫掠的島嶼：蟠多島。過了蟠多島，就是渺無人煙的西陲水域。

供新巫師居住的房舍已備妥。那棟房舍孤立在一座小山上，四周是綠油油的大麥田，西邊有潘第可樹林可阻擋西風，此時樹枝頭正開滿紅花。站在房舍門口可以看見島上其餘茅屋屋頂，以及樹林與花園等；也可以看見其餘小島的房舍屋頂、農田、山丘；而夾在這些中間的是許多蜿蜒曲繞的明亮海峽。巫師宿舍是間破舊的房子，沒有窗戶，只有泥土地，不過還是比格得出生時住的房子好。下托寧的島民恭敬地站在這位柔克巫師面前，請他原諒這房子的簡陋。其中一個說：「我們沒有石塊可以蓋房子。」另一個說：「我們沒有人富有，不過也沒有人挨餓。」第三個說：「這房子住起來至少保證乾爽，先生，因為茅草屋頂是我親手鋪的。」在格得看來，這房子就像宮殿一樣好。他坦率謝過這些島民代表之後，那十八人才離開。他們各自划著小船返回自己的島，告訴鄰居漁夫和妻子，說新來的巫師是個奇怪的嚴肅青年，話不多，但言語中正，沒有傲氣。

也許格得這一回首度出任巫師，並沒有多少足以自豪的理由。柔克學院訓練出來的巫師通常前往城市或城堡，去為身居要津的爵爺效勞。而那些爵爺自然都把巫師安頓在豪宅裡。依照慣例，下托寧這些漁民只要聘請普通的女巫或術士，不外唸唸咒文保護魚網、為新船誦法、治療一下染病的禽畜與人就夠了。但近幾年，蟠多島的老龍產下子嗣，據說連那隻老龍加起來，一共有九隻龍潛伏在破敗的蟠多海爺塔樓裡，鱗甲巨腹不時在大理石階梯和毀損的甬道間拖來拖去。那個死寂島嶼缺乏

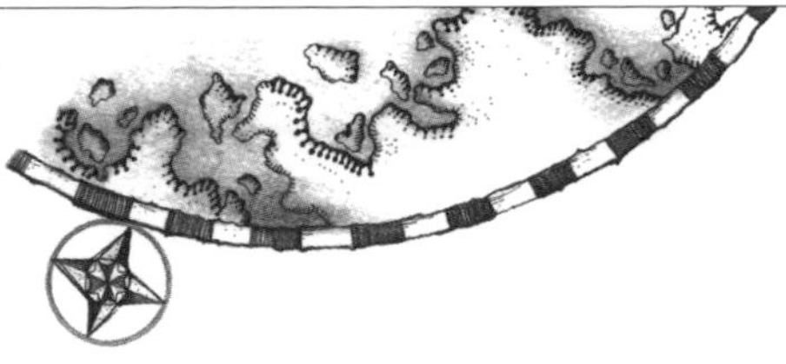

食物，眾小龍長大後感到飢餓時，就飛離該島設法覓食。據稱有人看見四隻小龍飛到厚斯克島西南岸上空，牠們沒有棲息下來，而是暗中窺視羊舍、穀倉和村莊。龍的飢餓要喚醒很慢，但要滿足則很難。所以，下托寧的島民便派人前往柔克學院，乞求一位巫師來島上保護居民，免受那些在西域翻騰的巨獸侵害。大法師當時即判斷，島民的恐懼並非沒有根據。

「那邊沒有舒適可言，」大法師在格得升為巫師那天，這樣對他說：「沒有名聲、沒有財富，可能也沒有危險。你願意去嗎？」

「我願意去。」格得的回答不全然出於服從。自從圓丘之夜以來，他改變很多，已不再受過去那種沽名釣譽的欲望所支使。如今，他總是懷疑自己的力氣，也害怕測試自己的力量。再者，龍的傳聞也讓他很好奇。弓忒島已經好幾百年沒有龍出現，也不可能有龍會飛到柔克的氣味、外觀、或法術範圍內。因此在柔克島，龍只是故事和歌謠裡的東西，是用來唱的，親眼目睹是不曾發生過的事。格得在學院裡已經盡可能研讀關於龍的一切。可是，閱讀龍的種種是一回事，面對龍則是另一回事。現在，機會擺在眼前，他於是興致勃勃地回答：「我願意去。」

耿瑟大法師點點頭，眼神卻很憂鬱。「告訴我，」半晌他才說：「你害怕離開柔克島嗎？或者你渴望離開？」

「兩者都有。」

耿瑟再次點頭。「我不知道送你離開這個安全地是不是正確，」他說得很慢。「我看不見你的前途，只見一片漆黑，而且北方有股力量可能會把你摧毀。但那到底是什麼、在哪裡，是在你的過去或未來的途中，我也說不清楚，因為只見陰影覆蓋著。下托寧的人來時，我立刻想到你，因為那裡好像是路途以外的安全地，或許你可以在那裡養精蓄銳。但我實在不曉得究竟哪個地方對你才安全，也不知道你的前途會往哪裡去。我不希望把你送進黑暗……」

格得最初覺得，在繁花盛開的樹下，這間房子好像還算是個明亮的地方。他住了下來，也常觀看西邊的天空，隨時拉長巫師的耳朵，留意有無鱗甲羽翼拍動的聲音。但沒有龍來。格得在自己的海堤釣魚，在自己的園圃蒔花種草。時值夏季，他坐在屋外的潘第可樹下翻閱從柔克學院帶來的智典，常整天深思其中的某一頁、一行、或一字。甌塔客要不是在他身邊睡覺，就是到滿地青草和雛菊的樹林裡獵鼠。他隨時為島民服務，是島民的全能醫師和天候師。他倒沒想過，由巫師來搬弄這種雕蟲小技或許可恥，因為他自己小時候是巫童，所服務的村民比下托寧島民更窮苦。不過，下托寧的島民很少要求格得做什麼，他們敬畏格得，部分是因為他是智者之島出身的巫師；另一部分也是因為他的靜默和他那張有傷疤的臉孔。職是之

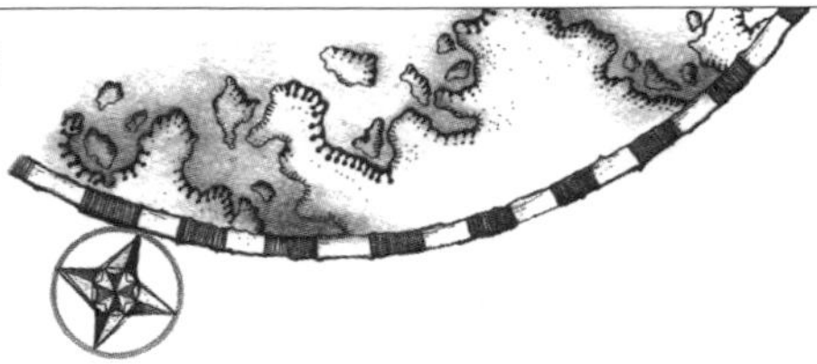

故，縱然年輕如格得，總使人與他相處不自在。

然而，格得還是交了個朋友，是個造船匠，家住東邊鄰島，名叫沛維瑞。他們是在海堤結識的。當時，格得停下來看他踩踏一條小船的船桅，他早已抬眼看著巫師，咧嘴笑道：「一個月的工差不多要完成啦。要是你來做，我猜你只要一分鐘，唸個咒就好了，是吧，先生？」

「可能吧，」格得說：「但是，除非我一直持咒，否則可能下一分鐘就沈入海底了。不過，要是你想……」他沒有把話講完。

「怎麼，先生？」

「呃，這條小船造得相當好，實在不需要再增加什麼。不過，要是你喜歡，我可以施個捆縛術，幫她保持平順安全；或是施個尋查術，讓她由海上返航時，可以平安回家。」

格得不希望傷了這位造船匠的感情，因此有點欲言又止，但沛維瑞的面容竟為之一亮。「先生，這條小船是為我兒子造的，要是你肯替她祝個咒，真可以說是大德隆恩了。」說著，他爬上堤防，拉起格得的手鄭重道謝。

從那次起，他們便常常一起工作。造船或修船時，沛維瑞負責手工；格得除了提供法術技巧之外，順便學習如何造船、如何不依靠法術駕船，因為純粹操帆駛船的技巧在柔克島幾乎已經絕跡了。格得時常與沛維瑞和他的小兒子伊奧斯，駕駛不同的船穿梭在海峽和礁湖之間，到後來，不但格得成為駕船好手，他與沛維瑞的友誼也堅定不移。

秋末，船匠的兒子生病，孩子的母親請了帖斯克島一位擅長醫療的女巫，情況似乎好轉了一兩天。但後來，在一個暴風雨肆虐的半夜，沛維瑞跑來猛敲格得的房門，哀求他去救他兒子。格得與他跑到船上，在黑夜暴雨中火速划船到船匠家。格得看見那孩子躺在草床上，母親蹲在床邊，女巫一邊燃燒草根，一邊唱著奈吉頌，那也是她最好的療方。但是她小聲對格得說：「巫師大人，依我看，這孩子得的是紅熱，熬不過今夜了。」

格得跪下來，兩手放在孩子身上，也得到相同的結論，身子不由得後退一下。他自己那場大病的最後幾個月，藥草師傅教了他許多民間療方，不管療方深淺，原則都一樣，那就是：傷可治，疾可療，垂死的靈魂只能由它去。

做母親的見格得退後，明白了含意，立刻絕望地號啕大哭。沛維瑞在她身旁彎下腰，說道：「太太，雀鷹大人會救他的，不用哭！他既然來了，就有辦法。」

聽聞這母親的悲號，目睹這父親對他的信賴，格得不忍心讓他們失望。他推翻了自己的判斷，心想如果可以把燒熱降退，或許這孩子就可以得救了。他說道：

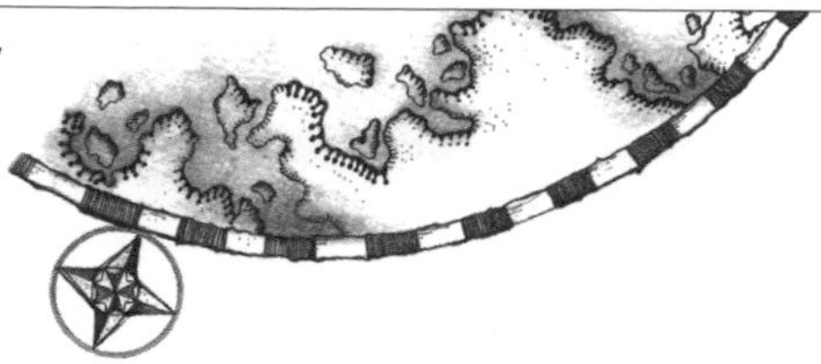

「沛維瑞，我會盡力。」

夫妻倆從屋外取來新接的雨水，格得用來為孩子洗涼水澡，同時口唸一種止熱咒。可是，這個咒起不了半點效用，突然間，格得以為那孩子就要在他的手臂中死去。

格得顧不了自己，馬上集中力量運轉自己的靈魂，去追趕孩子的靈魂，要把它帶回家。他呼叫孩子的名字：「伊奧斯！」他從自己的內在聽覺聽見了微弱的應答，所以又叫了一次，一邊繼續追趕。他看見男孩快步跑在他前頭，正要自某座山丘側面跑下一道漆黑的陡坡。四周悄然無聲，山丘上方的星辰，是他肉眼不曾見過的，但他曉得那些星座的名字：捆星、門星、轉者星、樹星。它們都是那種不會下沈，也不會因某個白天來臨而淡隱的星辰。他追趕那個垂死的男孩，追得太遠了。

格得一察覺這點，便發現自己單獨站在幽黑的山腳邊，想轉身回去時已經很難了，非常難。

他慢慢轉身，先緩緩跨出一腳爬上山坡，再跨出另一腳，一步一步用意志力爬山，每一步都比前一步艱難。

星星沒有移動，貧瘠的陡坡也沒有一絲風，在這片廣袤的黑暗王國內，只有他在緩慢走動攀爬。他爬到山丘頂上，在那裡看見一面矮牆。牆的另一邊，一個黑影與他面對面。

那個黑影不具人形或獸形。雖然沒有形狀，也幾乎看不清楚，但黑影低聲無語地對格得唏唏噓噓，並向他逼近。黑影站在活者那一邊，格得站在死者這一邊。

他要不就下山，進入沙漠的疆域和無明的死者之城；要不就跨越那一道牆重拾生命，可是那邊有個無形邪物在等他！

他的「精神之杖」就在手中，格得把它舉高。這動作使他恢復了力氣，他對著黑影，準備跳過那道低矮的石牆時，杖轉眼放出白光，在漆黑之中成了眩目的光亮。他縱身一躍，感覺自己墜落，之後就什麼也看不見了。

沛維瑞與妻子及女巫看到的過程是：年輕法師咒語唸到一半就停下來，抱著孩子，動也不動，靜立片刻，然後把小伊奧斯輕輕放回草床，手舉木杖靜靜站著。突然，他高舉木杖，木杖發出白色光焰，宛如握著閃電棒。電光石火間，屋子裡所有的東西都奇怪地跳動起來。等到眼睛可以清楚觀看時，他們看到年輕的法師蜷縮著身子躺在泥地上，旁邊的草床上躺著死去的孩子。

沛維瑞以為法師也死了。他妻子大哭，他自己也完全不知所措。所幸女巫曾道聽途說，對巫術、真巫師的死亡方式有點認識。她看格得躺著，雖然身體冰涼、沒有生命跡象，但她知道他並不是死了，而應當成生病或精神恍惚來處理。所以，他

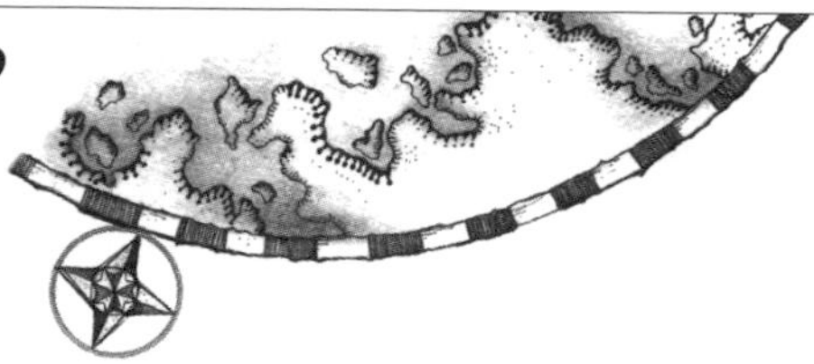

們把他送回家，請一個老婦人看顧，留意格得是睡、是醒、還是一睡不起。

格得昏迷時，小甌塔客躲在屋內椽木之上，與陌生人來時一樣。牠在那兒待著，捱到雨打牆壁，爐火沈寂，夜深更移，老婦在爐邊打盹為止，才爬到動也不動、僵直臥床的格得身邊，伸出牠枯葉般的乾舌頭，開始耐心地舔他的手和腕，然後蹲在他的頭旁邊舔太陽穴、有疤的臉頰，再輕舔他緊閉的雙眼。在牠輕柔的撫觸下，格得慢慢會動了。他醒過來，不知自己去過何處、如今身在何處、也不知昏暗的空中那抹微光是曉曙之光降臨人間。甌塔客照往常一樣窩在他肩膀旁，接著就睡著了。

事後格得回顧那一夜，他明白自己當時躺著不省人事時，假如沒有什麼去碰觸他、沒有什麼從旁召喚他回來，他可能永遠回不來了。多虧那隻獸以牠無聲、本能的智慧，舔觸牠受傷的同伴，撫慰了他。然而，格得從那份智慧中看到與他內力相仿的東西，是一種如巫術般深奧的東西。從那一回起，格得便相信，有智慧的人一定不會與其他生命相離，不管那生命有沒有語言。往後的歲月，他長期從沈默、從動物的雙眼、從鳥禽的飛翔、從樹木緩慢搖曳的姿態中，盡力去學習可能學到的東西。

那一次可以說是他首度跨越死域又毫髮無傷安然返回，那是只有巫師才可能在意識清醒時做到的，即使是最偉大的法師，也得冒險才能承擔。不過，他雖平安回來，卻不無悲傷和恐懼。悲傷，是為朋友沛維瑞悲傷；恐懼，是為自己恐懼。他現在明白大法師為什麼害怕他離開，也明白大法師預視格得的未來時，受到什麼陰影籠罩。因為在等候他的正是黑暗本身，那個無名的東西，不屬於人世間的存在，也是他所釋放或製造的黑影。它長久在靈界那個分隔生死的界限上等候他。現在它擁有格得的線索，正伺機靠近他，想奪走他的力氣，吞噬他的生命，裹藏在格得的肉身之內。

不久，格得夢見那東西，像隻沒頭沒臉的大熊。夢中，它好像在屋外沿牆搜索，尋找門。自從被那東西抓傷而治癒以來，這是格得頭一次夢見它。夢醒後，格得覺得虛弱寒冷，臉上和肩上的傷疤緊緊抽痛。

惡劣期開始了。每次他夢見那黑影，或甚至想到那黑影時，就感覺到同一股冰冷的恐懼。由於恐懼作怪，他的感覺和力量漸失，人變得鈍鈍茫茫。他對自己的懦弱感到憤怒，但憤怒也沒有用。他想尋求保護卻毫無屏障，那東西不是血肉之軀、不是活的、不是靈魂、沒有名字、也不存在，它的存在是格得賦與的。那是一種可怕的力量，不受陽光照耀的人間律法控制。它受到他的驅使而來，想透過他行使它自己的意志，成為他的造物。格得對它的認知僅止於此。但是，它至今還沒有自己

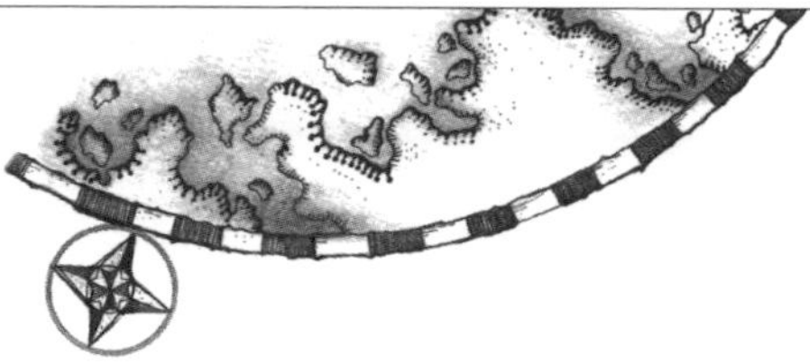

真正的外形，所以它會以什麼外形前來、怎麼來、什麼時候來，這些他都不知道。

格得在居處四周和島嶼四周設置魔法屏障。這種法術牆必須不斷更新，他很快便明白：如果他把全部力氣都花在這些抵禦上，那他對島民就沒有什麼用處了。要是蟠多島飛來一隻龍，他夾在兩大勁敵之間，該怎麼辦？

他又做夢了，但這次的夢中，黑影就在屋子裡，在門旁邊，正穿越黑暗向他逼近，低聲講著他聽不懂的話。格得嚇醒，當空變出閃耀的假光，照亮屋內每個角落，直到各處都沒有黑影為止。然後他添柴到火坑中，坐在火光旁靜聽秋風拂掠茅草屋頂，在光禿的樹枝間呼呼猛吹。他久坐沈思，內心一股陳年之怒覺醒了：他不要再這樣無助地苦苦等待，不要再這樣困坐小島，持誦無用的緊鎖術和防備術。可是，他不能一走了之逃開這個禁錮，那樣做的話不但破壞他自己的信用，也害島民面對巨龍時毫無防備。只有一條路可走。

第二天一早，他下山走到下托寧的主要碼頭，找到島代表，向他說：「我必須離開這地方。因為我面臨的危險會把你們也扯進危險。我非走不可，所以向你請假，去剷除蟠多龍，那麼我對你們的任務就算完成了，我也就可以自由離開。要是我失敗，那麼那些龍來到這裡時，我也一樣會失敗，所以，晚知不如早知。」

島代表訝異得張口呆望格得。「雀鷹大人，」他說：「那邊有九隻龍欸！」

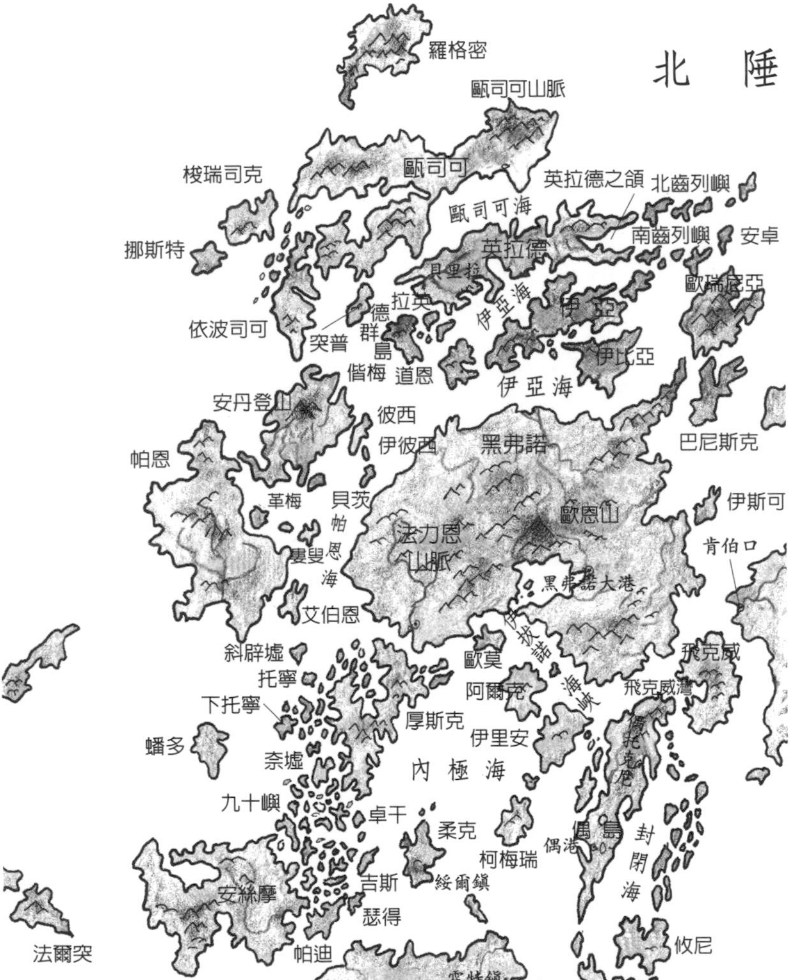
北陲
羅格密
甌司可山脈
梭瑞司克
甌司可
英拉德之領
北齒列嶼
甌司可海
南齒列嶼
安卓
挪斯特
英拉德
貝里拉
歐瑞尼亞
拉英
德群島
依波司可
突普
伊亞海
伊亞
伊比亞
偕梅
道恩
伊亞海
安丹登山
彼西
伊彼西
黑弗諾
巴尼斯克
帕恩
革梅
貝茨
帕恩海
伊斯可
法力恩山脈
歐恩山
肯伯口
婁叟
黑弗諾大港
艾伯恩
伊拔諾海峽
斜辟墟
歐莫
飛克威
托寧
阿爾克
飛克威灣
下托寧
厚斯克
蟠多
伊里安
偶托克尼
奈墟
內極海
九十嶼
卓干
柔克
偶島
封閉海
偶港
柯梅瑞
吉斯
綏爾鎮
安絲摩
瑟得
法爾突
帕迪
攸尼
霍特鎮

「據說八隻還小。」

「但那隻老的……」

「我告訴你，我必須離開這裡。我向你請假，先替你們除掉龍害的危險，希望你許可。」

「先生，就照您的意思吧。」島代表憂鬱地說。所有在場聽見格得計畫的人，都認為他們這個年輕巫師純粹是逞蠻勇。人家沈著臉看他離開，心想他一去就回不來了。有些人話中暗示，這位巫師的意思是要取道厚斯克島前往內極海，拋下他們在下托寧任憑死活。其餘人認為格得瘋了才會自尋死路，沛維瑞就是其中之一。

連續四代人，所有航行船隻都避免取道蟠多海岸，從沒有法師到那裡與龍打鬥，一則因為蟠多島位在無人經過的海路上；一則因為蟠多島主一直都是海盜、奴販、興戰之徒，深受地海西南部這一帶的居民怨恨。因此，那隻老龍當年突然由西邊飛來，口中噴火，把正在塔內歡宴的蟠多島島主和島民悶死，並把慘叫哀號的島民全數趕下海去時，鄰島沒人想去找那龍復仇。既然無人尋仇，蟠多島當然變成龍的天下，島上屍骸、塔樓、偷來的珠寶等等全數由那隻老龍管理。島上的珠寶是從帕恩與厚斯克的海岸邊偷來的，那些遭竊的王公貴族早就死了。

這些，格得都一清二楚，更何況，自從他來到下托寧，他便在心中反覆思考他所知的龍的種種。他駕著小船西行時——不是划船，也不是用沛維瑞教他的航行技巧，而是用巫術航行，以法術風撐帆，用咒語安定龍骨和船首，以保方向正確——他望著海面，等待死寂的島嶼在海的邊緣上露面。他希望儘快到達，所以才運用法術，因為在他後面的東西比在他前面的東西更讓他懼怕。但是這天過去時，他的不耐已由恐懼轉變為強烈的欣慰，至少他是憑自己的意志出來迎向危險；他愈是靠近蟠多島，就愈是確定，雖然這或許就是他臨死前的一刻，但至少這一次他自由了。那個黑影斷不敢尾隨他投身龍口。灰茫茫的大海白浪翻湧，北風挾帶灰雲飄越天空。他以快速的法術風向西行駛，這時已經望見蟠多島的岩石、鎮上寂靜的街道，以及毀損坍塌的塔房。

蟠多島的港口是個半月形淺灣，格得在入口處解除御風術，讓小船平靜下來，隨波靜躺在海浪上。之後他開口召喚龍：「占奪蟠多島的，出來保衛你的私藏吧！」

浪花擊打灰白色岩岸，也打碎格得的喊叫。不過，龍是聽覺敏銳的動物，所以格得很快就看見一隻龍從屋頂已毀的港口廢墟飛了出來。牠的外形好像巨大的蝙蝠，薄翼刺背，挾仗北風，向格得直飛而來。親眼看見族人一向視為神話的動物，格得感覺心頭滿脹，乃笑著大叫：「你這條風中小蟲，去叫那條老龍出來！」

這隻幼龍是多年前由西陲飛來的一隻母龍所生。據說，當年母龍在陽光照耀的破塔房裡，用爪子緊抓著幾個皮革似的巨蛋孵化後，就又飛走了，留下蟠多老龍看顧這些剛破殼、好像毒蜥蜴般爬行的幼龍。

幼龍沒有回答格得。牠體型不大，僅長約一條四十槳的長船。薄膜似的黑翅膀張開時，與昆蟲翅膀一般細薄。看來，這條龍還沒發育完全，聲音也小，也還不具備龍的狡詐。牠張著帶牙的長頷，對準格得搭乘的搖晃小船飛箭似地自空中俯衝而下。格得只消施個利咒捆縛牠的肢翼，讓牠的各肢僵硬，就足以讓牠像落石一樣垂直落海，被灰撲撲的海水淹沒。

另外兩隻龍與第一隻一樣出高塔底層飛出來，也與第一隻一樣直飛格得的小船。格得將之捆縛，制服牠們落海溺斃；而他連巫杖都還沒舉起來。

過了一會兒，又有三隻龍從島上向他飛來。其中一隻很大，口中噴著熊熊火焰。兩隻朝他直飛，但較大的那隻卻從背後繞飛過來，牠的速度很快，噴著火想把格得和船燒毀。捆縛術無法同時制服三隻龍，因為兩隻由北來，一隻向南來。格得一想通便立刻施變形術，轉瞬間，一隻龍形由他的小船中飛躍而出。

這隻龍展開寬翼，伸張利爪，先對付迎面而來的兩隻小龍，用火焰燒牠們，然後轉身對付第三隻龍，那龍的體型比他大，也會噴火。灰茫海浪的上方，兩隻龍在風中翻轉、騰躍、攻擊、戳刺，噴火噴得四周煙火瀰漫。突然，格得龍向上飛，敵龍在下方緊追。中途，格得龍高舉雙翼暫停，然後像老鷹般俯衝而下，利爪往下伸展，攻擊下方那隻敵龍的頸項和側腹。只見受擊那龍的黑翅張惶緊縮，濃黑的龍血滴落海面。蟠多龍掙脫襲擊，無力地下飛到島上，躲進廢墟中某個枯井或洞穴裡了。

格得立刻回到船上並變回原形，因為維持龍形超過狀況所需的時間是最危險的。他兩手因染上滾燙的龍血而變黑，頭部也被火灼傷，但現在，這些都無礙了。等到自己的氣息緩和後，他大叫：「據說龍有九隻，我看到六隻，殺了五隻；其餘的蟲，出來吧！」

島上久久不見生物的動靜，也沒聽到聲音，只有海浪高聲撲打著岸邊。然後，格得注意到島上那座最高的塔樓，形狀緩緩在改變，其中一邊好像長了手臂似地慢慢凸出來。他怕龍的魔法，因為老龍變起法術來與人的法術不相上下，不但具威力而且狡詐。可是，再過一下子，他明白那不是龍變戲法，而是他被自己的眼睛愚弄了。原來，他以為是塔身向外凸出的部分，其實是蟠多老龍的肩膀，牠正挺直身軀慢慢站起來。

待牠完全抬起披鱗帶甲的龍頭，仰著穗冠，伸出長舌時，體型比殘破的高塔還高。帶爪的前蹄歇在廢墟瓦礫上，灰黑色的鱗甲映著日光，看起來像一塊破裂的石頭。牠的身形精瘦如獵犬，碩大如山丘。格得敬畏地注視著牠，搜盡記憶中所有詩歌或故事，卻無一可以借來描述這景象。他差一點就凝視巨龍的雙眼而被逮住，因為人不可以注視龍的雙眼。他轉移目光，不看那雙凝視他的油亮綠眼，把手杖高舉在前，現在，那支手杖看起來就像一根斷木，一條細枝。

「小巫師，吾原有八子。」巨龍沙啞的嗓子大聲說：「五子已死，一子奄奄一息。夠了，不要靠殺牠們來獲取我的寶藏。」

「我不要你的寶藏。」

黃煙從龍鼻噴出來，那是牠的笑法。

「小巫師，難道你不想上岸來瞧瞧？深值一顧喲。」

「我不看。」風與火是龍族的血親，但風與火不利於海上打鬥，這一點至今都是格得的優勢，他也保持得不錯。但橫在他與巨大灰爪之間的那條水道，似乎不再對他有利了。

很難不去注視那雙觀望的綠眼睛。

「你是個很年輕的巫師。」巨龍說：「我不曉得人類可以年紀輕輕就獲得力量。」牠與格得一樣都是用太古語，因為龍族至今仍使用那種語言。雖然人類講太古語時必須說真話，但龍可不一定如此。太古語是牠們的語言，所以牠們可以在其中撒謊，或任意扭曲真話以達不當目的，使沒有警覺的聽者陷入鏡象語言的迷陣中。在那種鏡象語言裡，每個鏡象都反映真實，卻沒有一個確有所指。這是以前格得常聽到的警告，所以龍講話時，他用不信任的耳朵聽著，隨時準備懷疑。但巨龍的這番話似乎坦白無隱：「小巫師，你來到這蟠多島，是想找我幫忙嗎？」

「不是，龍。」

「但是我可以幫你。你不久就需要幫忙，以便對抗在黑暗中追捕你的那東西。」

格得愣住了。

「在追捕你的是什麼東西？把名字告訴我。」

「要是我說得出名字……」格得沒再說下去。

黃煙在長長的龍頭上方盤繞，兩個鼻孔則在冒火。

「或許，說得出名字就可以控制它了，小巫師。我看見它經過的時候，說不定還可以把它的名字告訴你。要是你在我這島嶼附近等候，它就會靠近。不管你去哪裡，它都會跟著你。要是你不希望它靠近，你就得跑，一直跑，躲開它。但它還是會緊緊追著你。你想知道它的名字嗎？」

格得再度沈默。他猜不透這隻龍怎麼曉得他釋放的黑影？牠怎麼可能知道黑影的名字？耿瑟大法師說那黑影沒有名字。但是龍有自己獨到的智慧，也是比人類悠久的族群。很少人能猜透龍知道什麼，如何知道，那些猜得透的少數人就是「龍主」。格得只能確定一點：儘管這隻龍所言可能不虛，儘管牠可能真有辦法把黑影的性質和名字告訴格得，好讓他有力量控制它——但是儘管如此，儘管牠說實話，也完全是為了牠自己的目的。

「龍自動請求幫助人類，是很少見的事。」年輕的格得終於開口說道。

「貓在殺老鼠之前先玩弄牠們，卻很常見。」龍說。

「但我不是來這裡玩、或讓人玩弄的。我來這裡是要和你談個交易。」

巨龍的尾巴尖端如蠍子般弓起，挺在甲背上，高懸在塔樓上方，宛如一把利劍，是任何一把劍的五倍長。巨龍淡然說道：「我不談交易，只拿東西。你能提供什麼，是我想拿卻拿不走的？」

「安全，你們的安全。你發誓絕不離開蟠多島向東飛，我就發誓讓你們安全無虞。」

一陣嗄嗄巨響自巨龍的喉嚨發出，有如遠處雪崩後巨石由山上滾落的轟隆響聲。火焰在龍的三叉舌上舞動，牠又抬高了身子，在廢墟上盤踞。「提供我安全！你在威脅我！憑什麼？」

「憑你的名字，耶瓦德。」格得說這名字時聲音打顫，不過他仍響亮地講出來。

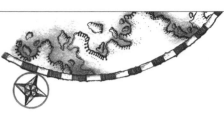

衝著這名字的發音，老龍呆住了，完全呆住了。一分鐘過去，又一分鐘過去。格得站在輕晃的小船裡，微笑著。他孤注一擲，用這趟冒險和自己的性命做賭注，大膽一猜。他根據柔克島所學種種龍的傳說和古史，猜測這條蟠多龍和葉芙阮與莫瑞德在世時，在甌司可西部肆虐，而後被一個深諳名字的巫師沃特趕離甌司可的那隻龍，是同一隻。格得猜中了。

「耶瓦德，我們勢均力敵。你擁有力氣，我擁有你的名字。你願意談交易了嗎？」

龍依舊沒有回答。

這隻龍在這座島上盤踞多年，金製護胸甲和綠寶石四散在塵土、磚塊、骨骸之間；牠曾看著天生黑鱗甲的親骨肉在坍塌的房子間爬行，在懸崖邊上試飛；也曾在陽光下長盹，人聲或行經的帆船都吵不醒牠。牠老了，如今面對這個少年法師，明知是脆弱的敵人，見到對方的手杖都不免退縮，當然就難再放肆了。

「你可以從我的收藏中挑選九顆寶石，」牠終於說話了，聲音在長頷間窸窣：「隨意挑選上好的寶石，然後走吧！」

「耶瓦德，我不要你的寶石。」

「人類的貪婪到哪兒去了？人類愛死了發亮的寶石，很久以前在北方……噢，我曉得你要什麼了，巫師。我也可以提供你安全，因為我知道有什麼可以救你。我知道救你的唯一辦法。有股恐懼緊跟著你，我願意告訴你它的名字。」

格得的內心怦然跳動。他抓緊手杖，和那龍一樣動也不動地站著，與意外的驚人希望搏鬥了片刻。

他談的交易不是他自己的性命。欲凌駕眼前這龍只有一種絕招，也是唯一的一招。所以，他把希望暫擺一旁，決心做他該做的。

「我要的不是那個，耶瓦德。」

他講出龍的名字時，宛如用一條精緻的細皮帶綁住這巨大的存在物，勒緊牠的喉嚨。從那條龍的凝視裡，格得可以感到人類由來已久的惡毒和世故。他看得到牠鋼般的爪，每根均長如人的前臂。他也看得見牠石頭般堅硬的獸皮；還有進出牠喉嚨的火焰。可是，他仍舊勒緊那條皮帶。

他再說一遍：「耶瓦德，以你的名字起誓，你和你的子嗣永遠不會飛去群島區。」

龍的兩頷間突然大聲噴出明亮的火焰，然後說：「我以我的名字起誓！」

寂靜覆罩全島，耶瓦德巨大的頭低了下去。

牠再抬起頭時，巫師已經不見了。小船的風帆在東邊浪頭上成了一個小白點，正朝內海上那些富於點綴的島嶼前進。上了年紀的蟠多龍惱怒地站起來，翻滾身子肆意破壞塔樓，張開巨翅拍擊傾頹的城鎮。但牠的誓言攔著牠，所以自此至終，牠都沒有飛去群島區。

【第六章】

被追
Hunted

蟠多島一沈入格得身後的海平面，格得便向東觀望，那股對黑影的恐懼立刻又進入心田。與龍對峙的危險感敞亮，面對黑影的恐懼則無形無望，要適應這種轉變很難。他解除了法術風，藉自然風航行，因為他現在沒有疾行的欲望了。接下去該做什麼，他也沒有清楚的計畫。如同那隻龍說的，他必須跑，但是要跑去哪兒？他心想，去柔克好了，至少在那裡還受到保護，甚或可以向智者請益。然而，他得先回下托寧一趟，把經過告訴島民。

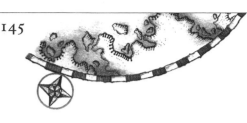

大家聽說格得離開五天又回來，鄰近的人還有鎮區半數人口，划船的划船、跑的跑，全聚攏到他周圍凝望著他，專心聽故事。聽完時有個男人說：「但有誰見到這個屠龍奇蹟，而最後是龍被打敗？要是他……」

「閉嘴！」島代表急忙制止，因為他和多數人一樣，都知道巫師或許會用微妙的方式敘述實情，也可能保留真象，但巫師每說一件事，那件事必定如他所言，因為他就是精通此道。因此，大夥兒一邊驚歎奇蹟，一邊漸漸感到長久以來的恐懼終於卸除了，於是他們開心起來，大群人簇擁著這位年輕巫師，請他把故事重說一遍。不斷有更多島民前來，總要求再講一遍故事。到傍晚時，已經不需要格得費事了，島民可以替他說，而且說得更精采。村裡的唱誦人也已經把這故事放進一首舊曲調裡，開始歌頌《雀鷹之歌》。不僅下托寧島區燃放煙火，連東邊和南邊的小島也都熱熱鬧鬧燃放煙火。漁夫在各自船上互相高聲報告這消息，讓消息一島傳一島：邪惡消除了，蟠多龍永遠不會來了！

那一晚，僅有的一晚，格得很歡喜，因為不可能有黑影靠近他。所有山丘和海灘都由感恩煙火照得通明；歡笑的舞者環繞他跳舞；歌唱者讚美他；大家迎著秋夜的陣風搖晃火炬，形成濃亮的火花高揚風中。

第二天，他遇見沛維瑞。沛維瑞說：「大人，我以前不曉得你是那麼勇武。」那話裡有懼怕的成分：因為他以前居然敢與格得交朋友；但話中也有責備的成分：格得屠得了龍，卻救不了一個小孩。聽了沛維瑞的話之後，格得重新感受到那股驅策他前往蟠多島的不安和著急。那股不安和著急又驅策他離開下托寧。

第二天，儘管島民很樂意格得終其餘生留在下托寧，讓島民讚美誇耀，但格得還是離開了那間座落在山上的小屋，沒有任何行李，只帶上幾本書和手杖，以及跨騎在肩上的甌塔客。

他搭乘一條划槳船，那是下托寧兩個年輕漁民的船，他們希望有榮幸為他划船。九十嶼東邊的海峽常擠滿航行船隻，他們一路划行，沿途見到有些島嶼的房子，陽臺和窗戶向水面凸出；他們划經奈墟碼頭，經過多雨的卓干草原，也經過吉斯島那些有惡臭的油棚。一路上，格得的屠龍事蹟為總是先他們一步到達目的地，供人傳唱。島上人民見他們經過時，便用口哨對他們吹唱《雀鷹之歌》，大家爭相邀請格得登島過夜，請他告訴他們屠龍的故事。最後格得抵達瑟得嶼，找到一條開往柔克的船，船主鞠躬道：「巫師大人，這是在下的榮幸，也是我這條船的光榮。」

於是，格得開始背離九十嶼航行。那條船從瑟得內港開出來，升帆時，從東邊迎面吹來一陣強風。這強風吹得怪異，因為當時雖已入冬，但那天早上天空晴朗，天氣似乎也溫和穩定。瑟得嶼到柔克島僅三十哩，所以他們照舊航行。風繼續吹，他們繼續航行。那條小船與內極海的多數商船一樣，是採用首尾相連的高大風帆，可以轉動順應逆風；而且船主是個靈敏的水手，對自己的技巧頗為自傲，所以他們策略性地忽北忽南，依舊向東航行。但那風挾帶著烏雲和雨水，方向不定且風力特大，很可能使那條船突然停在海上，極其危險。「雀鷹大人，」船主對年輕人說話了，當時格得就在船主身邊，光榮地站在船首，只不過，風雨把兩人都打得濕透，在那種悽慘的雨水光澤中，能保持的尊嚴極低微。「雀鷹大人，您能否對這風講講話？可以嗎？」

「現在距柔克島有多近？」

「我們頂多走了一半航程。但這一個小時內我們一點也沒有前進。」

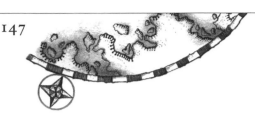

格得對風講了話，風勢便小了些，他們的船因而平順地航行了一陣子。可是南邊突然又吹來一陣強風，由於這陣強風，他們又被吹回西邊去了。天空的烏雲被吹得破散翻湧，船主忿然吼叫道：「這鬼風，同時向四面八方亂吹！大人，只有法術風可以帶領我們度過這種天氣。」

格得顯得非常不情願運用法術風，但這條船和船主都因他而處於危險，他只好為船帆升起法術風。法術風一起，船隻立刻向東破浪前進，船主也再度顯露開心的面容。可是，儘管格得一直維持法術，法術風卻一點一點鬆懈下來，越來越微弱，到最後，風雨大作的情形下，船隻竟好像固定懸在浪頭上，而且風帆下垂。接著一聲啪達巨響，帆桁繞個大彎打過來，使得船隻先突然停止，而後像隻受驚嚇的小貓，向北跳躍。

這時，船隻幾乎側著倒躺在海上，格得抓穩一根柱子，高聲說：「船主，駛回瑟得嶼去！」

船主詛咒起來，大叫說他不願駛回瑟得：「回去？我們有巫師在船上，而我是這一行最出色的水手，這又是最靈巧的一條船——現在要回去？」

說時遲那時快，船隻大轉一圈，簡直像被一股漩渦抓住了龍骨，害得船主也得緊握船柱才免於被甩出船外。於是格得對他說：「把我放回瑟得嶼，你就可以任意

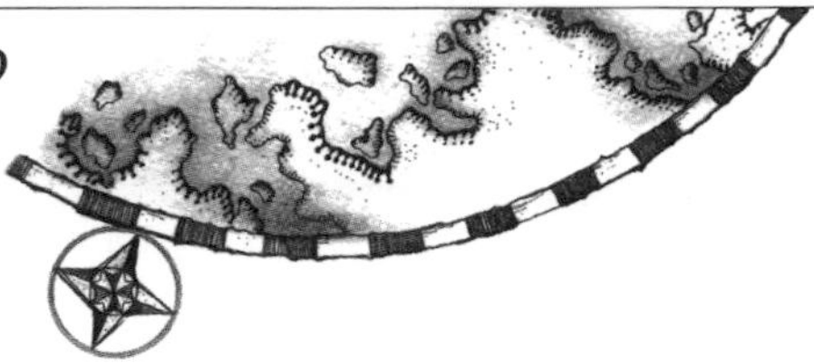

航行了。這大風不是要對抗你，而是要對抗我。」

「對抗你？一個柔克島出身的巫師？」

「船主，你沒聽過『柔克之風』嗎？」

「聽過呀，就是防止邪惡勢力侵擾智者之島的風呀。但你是降龍巫師，這風與你何干？」

「那是我與我的黑影之間的事。」格得像巫師一樣簡短答覆。他們快速航行，一路上格得都沒再說話。明朗的天空加上穩定的風，他們便順利駛回了瑟得嶼。

從瑟得碼頭上岸時，格得心中無比沈重及恐懼。時序進入冬季，白天短暫，暮色來早。每到傍晚就加深了格得的不安，現在連轉過一個街角，似乎都是一大威脅。他必須克制自己不要一直回頭張望，免得看到可能緊跟在後的東西。他走到瑟得嶼的海洋館，那是旅客和商人聚集用餐的所在，這裡不但有鎮區供應的上好食物，還可以在長椽大廳就寢，這就是內極海繁華島嶼的待客之道。

格得從自己的晚餐食物裡省下一些肉，餐後帶到火坑旁，把一整天蜷縮在他帽兜裡的甌塔客勸誘出來吃東西。他撫摸甌塔客，小聲對牠說：「侯耶哥，侯耶哥，小傢伙，沈默的……」但甌塔客不肯吃，反而潛入他的口袋藏起來。根據這情形，以及他個人隱約的不確定感，還有大廳各角落的陰暗，格得知道黑影離他不遠。

這地方沒人認識格得，他們是別島來的旅客，沒聽過《雀鷹之歌》，所以沒人來和他搭訕。他自己選了張草床躺下。可是，所有旅客都在偌大的長椽大廳安睡，他卻整夜睜眼不能成眠。他試著選擇下一步路，計畫著該去哪兒，該怎麼做；但每個選擇、每項計畫都是一條可預見的死路，行不通。不管哪條路，到了底就可能與黑影狹路相逢。唯有柔克島沒有黑影，可是他卻沒法去柔克島，因為那個保持島嶼安全、高超有效的古老咒語禁止他進入。連柔克風都高揚起來圍抗他，可見一直在追捕他的那東西，必定很靠近他了。

那東西沒有形體，陽光下無法得見，產自一個沒有光明、沒有所在、沒有時間的疆域。它穿越時光、橫跨海洋，在陽界摸索著尋找他，只有在夢境和黑暗中方能現形。它還不具實質或存在，所以陽光也照不著。同樣的情形在《侯德行誼》中已被傳唱：「曉曙創造地與海，形狀來自黑影，把夢逐入黑暗王國。」一旦黑影逮著格得，就會把他的力量拉走，把一切據以牽動他身體的重量、溫暖、生命，全都取走。

這就是在每條路上，格得都可以預見的劫難。而且他知道他也可能中計而走向那個劫數，因為黑影越靠近他，就越強大，現在恐怕已有足夠的力氣驅使邪惡的力量或人，來達到它的目的，諸如指示格得錯誤的徵兆，或借陌生人之口向他說話等。格得知道，今夜借宿海洋館長椽廳各角落的人群裡，那黑暗的東西正在尋找其中一個黑暗的靈魂，潛進那個人的內裡，以便有個立足點可以就近觀看格得。甚至此刻，它就正在利用格得的虛弱、恐懼與不確定，而充實豐富自身呢。

這是無可忍受的事，他必須寄託機運，任隨機運帶領前行。

第一道黎明寒光剛起，格得便下床，匆匆就著黝暗的星光趕到瑟得碼頭，決心搭乘最早的船班出海。一艘槳帆兩用船正把魠比魚油裝上船，預定日出啟航，開往黑弗諾島的大港口。格得請求船主搭載。巫師的手杖是多數船隻認定的通行證暨船資，所以他們滿心樂意讓格得上船。不出一個時辰，這艘船便出發了。四十支長槳一舉高，格得的精神也跟著振奮起來。控制划槳動作的鼓聲則為格得打造出一種勇敢的樂音。

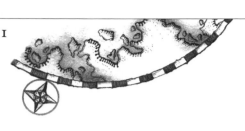

不過，他還不曉得到了黑弗諾會如何，也不知道到了以後要往哪裡跑。向北似乎是個不錯的方向，他自己就是北角人，說不定可以在黑弗諾找到船隻載他回弓忒島，到了弓忒島說不定可以再見到歐吉安。或者，他說不定可以找到船隻開往陲區，遠得讓黑影跟丟，最後放棄追捕他。除了這些模糊的想法之外，格得的腦子裡別無計畫了。他也明白他不一定要走哪條路，只知道他必須逃……

離開瑟得港後，這四十支大槳已經在第二天的日落前，在冬日海面上划行了一百五十哩。他們來到厚斯克大陸東部的海港歐若米，因為這些內極海的貿易大船一向沿著海岸航行，而且儘可能靠港過夜。由於天色尚明，格得上岸後便在港鎮的陡街上毫無目的地閒晃沈思。

歐若米是個老鎮，全鎮都是岩石和磚塊建造的宏大建築，用高牆厚壁以抵擋內陸不法的地主。碼頭倉庫造得有如碉堡，商賈房舍也設有塔樓和防禦工事。然而，在漫步街道的格得看來，那些碩大的宅邸有如罩紗，背後蟄伏著空蕩的黑暗。與他錯身的路人只專注於自己的事，看起來都不像真人，而只是無聲的人影。日落時他重回碼頭，雖然有明亮的紅光及日暮的晚風，他依然覺得海洋和陸地一片幽暗無聲。

「巫師大人，您要上哪兒去？」

突然有人從背後這麼招呼他。格得轉身，看見一個身穿灰衣的男子，拿著一根笨重的木杖，那木杖並不是巫杖。這陌生人的臉孔隱藏在紅燈下的帽兜裡，但格得可以感覺那雙看不見的眼睛與他四目相對。格得回以注視，把自己的紫杉手杖舉到兩人中間。

男子溫和地問：「您在害怕什麼？」

「跟在我背後的東西。」

「是嗎？但我不是您的黑影。」

格得靜立不語。他知道不管這男子是誰，確實不是他所害怕的東西：他不是黑影、不是鬼魂、也非尸偶。在業已籠罩人間的這片死寂與幽黑中，這個人至少還有聲音，也有實質。這時，那人把帽兜拉到後頭，現出一張陌生、光禿、皺紋縱橫的臉孔。雖然他的聲音不顯老，但面孔看起來是個老人。

「我不認識你，」穿灰衣的這個男子說。「但是我想，我們也許不是意外相逢。我曾聽說過一個臉上有疤的年輕人的故事，說他藉由黑暗贏得大權，甚至王位。我不曉得那是不是你的故事，不過，我要告訴你：如果你需要一把劍與黑影搏鬥，就去鐵若能宮。一根紫杉手杖不夠你用。」

聽對方這麼說時，格得心中起了希望與懷疑的掙扎。一個深諳巫道的人總是很快體會到，凡所際會確實很少是偶然，這些際會的目的不是好就是壞。

「鐵若能宮在哪個島上？」

「在甌司可島。」

一聽到這名字，格得霎時透過記憶幻覺，看見綠草地上的一隻黑渡鴉，仰起頭，睜著亮石般的眼睛斜睨著他，對他講話，但是講什麼話已經忘了。

「那島嶼名聲不太好，」格得說著，一直注視著這個灰衣男子，想判斷他是個什麼樣的人。看他的舉態似有術士之風，甚至巫師風範。不過，他對格得說話不太客氣，有一種詭異的疲憊表情，看起來幾乎像個病人，或犯人，或奴隸。

「你是柔克島來的，」對方回答：「柔克島出身的巫師，對於不是他們自己的巫道，都判予不良名聲。」

「你是什麼人？」

「一名旅者，甌司可島的貿易代理，因商務來此。」灰衣男子說。他見格得不再多問，便沈靜地對這年輕人道晚安，沿著碼頭上方的陡斜窄街離去。

格得轉身，拿不定主意是否該接受這個訊息。他向北瞻望，山上和冬日海面的紅色燈光已經漸漸消褪。灰暗的暮色降臨，暮色之後緊隨著黑夜。

匆匆決定後，格得沿著碼頭疾走，看見一名漁人正在平底小船裡摺疊漁網，便招呼他說：「你知道港內有船要向北航行，到偕梅島或英拉德群島嗎？」

「從甌司可來的那條長船，可能會在英拉德群島停靠。」

格得又急忙趕至漁人指示的長船上。這是一條六十槳的長船，像蛇一樣枯瘦，高而彎的船首鑲刻著蓮殼狀的圓盤，槳座漆成紅色，還描繪了黑色的西佛符文。看起來是條恐怖快速的船，船員都已上船，一切備妥待發。格得找到船長，請求搭載一程。

「你付錢嗎？」

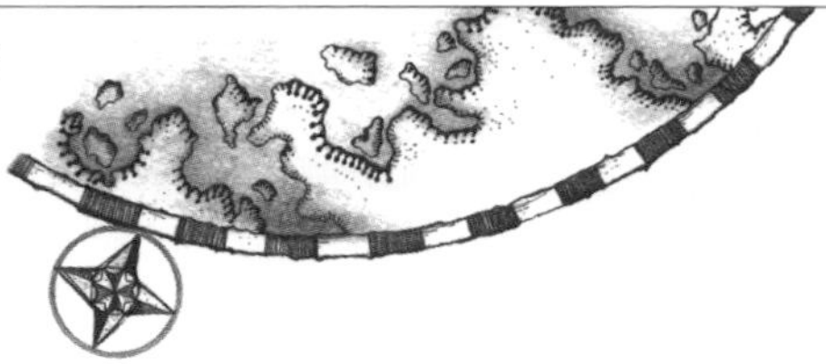

「我會一點御風術。」

「我自己就是天候師。你沒有什麼可以付的嗎？沒錢嗎？」

下托寧的島民曾盡力以群島區商人使用的象牙代幣支付格得薪酬，雖然他們想多給一些，但格得只收取十個。現在他把那十個代幣全給了這個甌司可商人，不料對方卻搖搖頭：「我們不使用這種代幣，要是你沒什麼可以付船資，我也沒有地方可以讓你上船。」

「你需要助手嗎？我曾經划過帆槳兩用船。」

「行，我們還少兩個人，去找張凳子吧。」船長說完，就再也不管他了。

格得把手杖和裝書的袋子放在槳手的座凳下方，準備充當槳手，在這艘北駛的長船中，經歷辛苦的十個冬日。他們在破曉時駛離歐若米港口。當天，格得以為他永遠也趕不上槳手的工作：他的左手臂因肩頭舊傷而有點使力不順，而且在下托寧海峽的划船訓練，和在長船上跟從鼓聲一直推槳一直推槳的情況大為不同。每一次划槳為時兩三個小時，才由第二班槳手接替，但這段休息時間似乎只能讓格得全身肌肉僵硬，接著就又要回去推槳了。第二天情形更糟。但之後，格得狠下心幹活，倒也順利撐了下去。

船上的工作人員，不像他第一次搭乘「黑影」號去柔克島的那些船員讓人感受到友誼。安卓群嶼和弓忒島的船員是生意夥伴，大家為共同的利益努力。但甌司可島的商人卻利用奴隸或保人划槳，或者花錢僱人划槳，以金幣支酬。黃金在甌司可島是不得了的東西，卻不能造就良好的友誼，對同樣重視黃金的龍族而言也是如此。這艘長船既然有一半的水手都是保人，被迫工作，船上的高級船員自然都是奴隸主，個個凶狠。他們的鞭子從不落在雇工或付錢渡船的槳手身上，但是船員之間也難有友誼可言，因為有些船員會挨鞭打，有些不會。格得的同伴很少互相交談，更少對他說話。他們大都是甌司可人，講的不是群島區使用的赫語，而是自己的方言。他們生性冷峻，鬍子黑、頭髮細、皮膚白，所以大家都喊格得為「奎拉巴」，意思是紅皮膚的人。雖然他們知道格得是巫師，對他卻沒什麼敬意，反倒有股防備的惡意。好在格得也無心交友，他坐在分配的座凳上，被划槳的有力節奏捆牢，成了六十個槳手中的一員。在空茫茫的大海上這樣航行，他覺得自己毫無遮蔽，也毫無戒備。傍晚時船隻駛進陌生的港口過夜，格得縮進帽兜睡覺。儘管疲乏，他照舊做夢、嚇醒、再做夢，全是些邪惡的夢，醒來以後也不復記憶，但它們卻好像懸在船隻周圍與船員之間，因此他對船上的每個人都不信任。

甌司可島的自由人一律在腰際佩掛長刀。有一天因為槳班輪替，所以他與一些甌司可自由人一同午餐，其中一人對格得說：「奎拉巴，你是奴隸還是背誓的保人？」

「都不是。」

「那你為什麼沒佩掛長刀？是怕打鬥嗎？」那個叫做史基渥的人嘲弄地問。

「不是。」

「你的小狗會替你打鬥嗎？」

「牠是甌塔客，不是小狗，是甌塔客。」另一個聽到他們對話的槳手這麼說完，又用甌司可方言對史基渥講了什麼，史基渥便皺起眉頭轉身離開了。就在他轉身並斜眼注視格得時，格得瞧見他的臉孔變了：五官整個都改變了，彷彿那一瞬間有什麼東西改變了他，或利用了他。可是那一刻過去之後，格得再看那人，那人卻面容依舊，所以格得告訴自己，他剛才所見是他個人的內心恐懼，他個人的恐懼反映在別人眼裡。但他們靠宿埃森港口的那一夜，他再度做夢，史基渥竟然進入他的夢中。那之後，格得盡可能躲避史基渥；而史基渥好像也避著格得，所以兩人便沒再交談。

黑弗諾島的罩雪山巒落在他們背後，繼續朝南邊方向沈陷，再讓早冬的霧氣掩蓋得朦朧不清。之後，他們划槳航經伊亞海海口，也就是早年葉芙阮溺斃之處。接著又划經英拉德島。他們在象牙城的貝里拉港口度過兩夜，那是英拉德島西邊一處白色海灣，深受神話糾纏。當船停靠港口時，船員都留在船上，沒有一個上岸。所以，紅日升起時，他們得以迅速划出港口到達甌司可海，接著進入北陲空闊海域。東北風在這裡無遮無擋地吹襲，他們在這片險惡海域航行，倒是人貨安全。第二天他們便駛進甌司可東岸的貿易城：內玄市的港口。

格得眼前所見是一個常遭風雨擊打的低平海岸，港口由石造防波堤構成，長堤後蹲伏著灰暗的城鎮，城鎮後方是落雪的暗沈天空，天空下是光禿無樹的山巒。他們已經遠離內極海的陽光了。

內玄市海洋商會的裝卸工人上船來卸貨，貨物有黃金、珠寶、高級絲料、南方織品等甌司可地主特別喜愛收藏的珍品。卸貨時，船員中的自由人可以任意活動。

格得攔住一位卸貨工人問路。自始至今，格得基於對全體船員都不信任，從沒對誰提過自己要去哪裡。可是現在他單獨置身於陌生異地，便須尋求指引。被問的人繼續裝卸工作，不耐煩地回說不曉得路。但無意中聽到他們對話的史基渥倒主動回答：「鐵若能宮？在凱克森荒地上，我走那條路。」

照理，格得不會選史基渥當同伴。但他既不懂當地方言又不認得路，就沒什麼選擇。他心想，那也不要緊，反正來這裡並不是他自己的選擇。他受驅使而來，既然來了，就順著繼續走下去好了。他拉好帽兜，拎了書袋和手杖，尾隨史基渥走過鎮上的街道，爬坡進入覆雪的山巒地帶。小甌塔客不肯跨騎在他肩上，而是躲在斗篷底下的羊皮袍子口袋裡，和以前遇冷天時一樣。極目望去，四周光禿的山巒都延伸著沒入荒涼起伏的野地。兩人無語前進，四周漫山遍野覆蓋著冬之沈寂。

「多遠？」走了數哩路，四面八方不見半個村莊，想到他們沒有隨身攜帶食物，格得於是問起路程遠近。史基渥回頭一下，拉拉帽兜，答道：「不遠。」

那是一張醜陋、蒼白、粗糙、殘酷的臉孔。格得倒不怕任何人，只是他或許害怕這樣一個人會把他帶往何處。但他點點頭，兩人繼續前進。他們行走的道路其實只是一條殘徑，是薄雪和光禿樹叢交錯的不毛之地。途中不時有岔路橫貫而來或分支出去，這時，內玄城的煙囪所冒的煙氣已在背後漸暗的午色中隱逝。他們應該繼續往哪裡走，或曾經走過哪裡，已經完全沒有蹤跡可循。只有風一直由東邊吹來。步行數小時後，格得認為他看到西北方遠處，就在他們前往的山上，有個小點背襯著天空，像顆白牙。可是白日短暫的天光正在消褪，等到他們又步上小路的另一坡時，格得還看得出那小點好像是塔樓或樹木之類的東西，卻比之前更朦朧了。

「我們要去那裡嗎？」他指著該處問。

史基渥沒回答，只管緊裹著鑲毛的毆司可式尖尾帽兜，繼續吃力前進。格得在他身旁大步跟隨，他們已經走了很遠。單調的步履加上船內冗長辛勞的日夜工作，格得感到睏倦。他開始覺得自己好像一直在這個沈默的人身邊走著，穿越沈默的陰暗陸地，而且還要一直走下去。他固有的謹慎和意圖都漸漸遲鈍了，彷彿在一場長的夢中行走，漫無目的。

甌塔客在他口袋中動了一下，他腦子也被一絲模糊的恐懼擾動了一下。他強迫自己說話：「史基渥，天黑了，又下雪。還有多遠？」

一陣停頓，對方沒有轉頭，只答道：「不遠了。」

但是他的聲音聽起來不像人的聲音，倒像一隻沒有嘴唇、粗聲粗氣的野獸勉強在說話。

格得止步。遲暮天光中，四周僅是空蕩的山巒向四方延伸，而稀稀落落的小雪正翻飛而下。格得叫了聲：「史基渥！」對方停下腳步轉過身，尖帽兜底下竟然沒有臉孔！

在格得能施法或行召喚力量之前，倒讓那個尸偶以粗嗄的聲音搶先說話了：「格得！」

如此一來，格得想變形也為時已晚，只能固鎖在自己真實的存在中，必須這樣毫無防備地面對尸偶。在這個陌生異地，他即使想召喚任何助力也沒辦法，因為這裡的人事物他全然不識，所以不可能應聲前來相助。他孑然站立，與敵手之間，只有右手握的那枝紫杉手杖。

把史基渥的心智吞掉、占據他肉身的那個東西，正利用史基渥的形體，朝格得跨前一步，兩隻手臂也向他伸來。格得被急湧上來的恐懼填滿，猛地跳起，手杖刷地伸出去碰那個藏匿黑影臉孔的帽兜。遭這猛力一擊，對方的帽兜與斗篷剎時幾乎整個瓦解在地，彷彿裡面除了風以外，什麼都沒有，卻在一陣翻滾拍動後，又站立起來。尸偶形體的實質早已漸漸流失，宛如徒具人形的空殼或空氣，不真實的肉體穿著真實的黑影。這時，那黑影好像吹風似地抽動膨脹起來，朝格得伸展肢臂，想要像那次在柔克圓丘一樣抓住格得。要是讓它得逞，它就會拋開史基渥的軀殼，進入格得的肉體，把格得由裡而外吞噬，占有，這也是它全部的欲望。格得再度用冒著煙的沈重手杖出擊，想把對方打倒，但是它又回來，格得再打一次，然後就把手杖扔了，因為手杖已經起火，燒著他的手。他往後退，接著立刻轉身就跑。

格得跑著，僅差一步的尸偶也跟著跑，雖然跑不贏，卻沒有落後太多。格得始終沒有回頭，他跑著跑著，穿越一無遮蔽、被暮色籠罩的廣闊大地。尸偶一度用吹氣似的聲音再次呼叫格得的名字，雖然尸偶已經取走格得的巫力，所幸還沒有力量勝過他的體力，所以也無法迫使格得停下來，格得才能一直跑。

夜色使尸偶及格得都濃暗下來，雪片覆蓋小徑，使格得再也看不清路。他的脈膊在雙眼裡蹦跳，氣息在喉嚨裡燃燒。其實，格得已不是真的在奔跑，而是蹌蹌踉踉硬拖著步伐向前邁進。怪的是，尸偶好像無法抓到他，只是一直緊隨在後，對著他呢喃咕噥。格得這時忽然領悟：終其一生，那個細小的聲音一直在他耳裡，只是聽不見而已；但現在，他可聽清楚了。他必須投降，必須放棄，必須停止。可是他仍繼續拚命爬上一條幽暗不清的長坡。他覺得前頭某處有燈火，而且覺得聽見前面有個聲音，在他頭上某處叫著：「來！來！」

他想應答，但發不出聲音。那個淡弱的燈火逐漸清晰，高懸在他正前方的門口裡。他沒看見牆，卻看到大門。這一幕使他停了下來，尸偶趕上來抓住他的斗篷，並在兩側掙扎著，想由後面整個抱住他。格得使出最後一點力氣撲進那扇隱約發光的大門裡，他原想轉身關門，不讓尸偶進去，雙腿卻使不上力；他搖搖晃晃，想找個支撐點。燈火在他眼中旋轉閃爍。他覺得自己倒了下來，甚至感到自己在倒下時被抓住，精疲力盡之餘，他暈了過去，神識一片黑暗。

【第七章】

鷹揚
The Hawk's Flight

格得醒來後躺了很長一段時間。他唯一知道的事是：醒著真好，因為他原本沒想到自己還能醒過來；見到光真好，他身處一片無遮的日光之中。他感覺自己好像在光裡飄浮，或是坐船在寧靜異常的水面上漂流。最後，他終於弄清楚自己是在床上，但那張床和他以往睡過的床都不一樣。這張床有個床架，由四枝高高的雕柱支撐，床褥是厚絲絨，這也是為什麼格得以為自己在飄浮的原因。床的上方張掛著能擋風的棗紅色罩篷。兩側的簾子繫著，格得向外觀望，看到的是石牆石地板的房間。透過三扇高窗，他看到窗外野地，光禿禿呈赤褐色，在冬季溫和的陽光下，到處積了一塊一塊的雪。這房間想必離地很高，因為從窗戶望出去可以看得很遠。

格得起身時，一條絨毛心的緞面床單滑到一邊，他才發現自己穿了一身絲質銀衣，像地主一樣。床邊一張椅子上，已為他擺妥一雙皮靴及一件毛皮襯裡的斗篷。他有如著魔的人，平靜而遲鈍地坐了一會兒後才站起來，想伸手去拿手杖，但手杖不見了。

他的右手雖然上了膏藥綁著，但手掌和手指都灼傷了，現在他才感覺到痛，而且是通體痠疼。

他又靜立片刻才低聲不抱希望地呼叫：「侯耶哥……侯耶哥……」因為那隻凶猛但忠誠的小動物也不見了，那個安靜的小靈魂曾經把他從亡界帶回來。昨晚他奔跑時，牠還跟著他嗎？那是昨晚，還是很多晚以前的事？他不知道。這一切都模糊難明，尸偶、燃燒的手杖、奔跑、小聲呼叫、大門，沒有一件回想得清楚。即使到現在也沒有一件事清楚。他再度低喚寵物的名字，卻不抱希望，淚水浮上了他的雙眼。

遠方某處有微弱的鈴聲。第二次鈴聲就在房門外悅耳地響起。在他身後，就是房間的另一頭，有扇門開了，進來一個女人。「雀鷹，歡迎你。」她微笑說著。

這個女人年輕高挑，身穿白色和銀色相間的衣服。頭上別了一張銀網，狀似王冠。長髮如黑瀑布直瀉而下。

格得僵硬地鞠躬。

「我猜，你不記得我了。」

「記得妳？夫人？」

他這輩子不曾見過這麼美麗的女人，打扮得與自己的美貌如此相稱，只有柔克島日迴節時，偕同夫君來參加節慶的偶島夫人堪比擬。但偶島夫人好比一盞微亮的燭火，眼前這女子卻好似銀色的新月。

「我想你不記得了，」她微笑道：「你儘管健忘，但你在這裡還是像老朋友一樣受歡迎。」

「這是什麼地方？」格得問道，依舊感覺僵硬、口舌不靈活。他發現與這女士說話很難，要不看她也難。身上這套王公貴族的衣著讓他感覺奇怪，地上踩的石塊又陌生，連呼吸的空氣也異樣：他不是他自己，不是以前的自己。

「這座主塔樓叫做『鐵若能宮』。我夫君叫班德斯克，他統治這塊陸地，範圍從凱克森荒地邊緣，向北延伸至甌司可山脈。他還守護著一塊叫做『鐵若能』的珍石。至於我，甌司可這一帶的人都叫我席蕊，在他們的語言裡是『銀色』的意思。至於你呢，我曉得別人有時候叫你『雀鷹』，是在智者之島受訓成為巫師的。」

格得低頭看著自己灼傷的手，很快表示：「我不曉得我是什麼。我有過力量，但我想現在已經消失了。」

「不，力量沒有消失！或者說，你還會獲得十倍的力量。你在這裡很安全，不用怕那個把你驅趕到這裡的東西。這塔樓四周都有牢固的城牆，有的還不是石塊建造的。你可以在這裡休養，再把力氣找回來。你也可能在這裡找到一種不同的力量，找到一枝不會在手中燒成灰燼的手杖。畢竟，劣途也可能導致善終。現在你跟我來，我帶你看看我們的領地。」

她的話語極為悅耳動聽，以致格得幾乎沒聽清楚她在說什麼，只是憑著她的聲音移動，依言跟隨她。

他的房間確實離地很高，因為房間所在的塔樓有如山巔突出的一顆牙齒。格得跟隨席蕊，循著曲繞的大理石階梯穿越富麗的房間和廳堂，經過許多扇面向東西南北方的高窗，每扇窗戶都可以俯瞰土棕色矮丘。山丘上沒有房子，沒有樹木，也沒有變化，那景象在冬陽照耀的天空下一覽無遺。其中只有遙遠的北方可以見到幾座白色山峰鮮明地襯著藍天，南面大概可以猜測是海面在陽光下照耀。

僕人們開了門，馬上退立兩旁，讓格得與夫人通行。那些僕人都是冷峻的白皮膚甌司可人。夫人的皮膚也白，但她與旁人不同，她能說流暢的赫語，在格得聽來甚至帶有弓忒口音。當天稍晚，夫人引領格得謁見她的夫君鐵若能領主班德斯克。班德斯克的年紀是席蕊的三倍，他也是白皮膚，瘦骨嶙峋，眼神混濁。他歡迎格得，並表示想作客多久都無所謂，那態度雖不失禮貌卻嚴峻冷淡。他說完這些就沒再多言，甚至沒問格得旅途如何，也沒問起那個追他至此的敵人——連席蕊夫人也沒向他問起。

這一點如果算是奇怪，那麼這個地方，以及格得何以置身於此，就更是奇怪了。格得似乎一直覺得心神不清，沒辦法完全看清事物。他意外來到這座主塔樓，但這意外卻都是設計好的；或者說，他是遭人設計來此，但這設計的落實則純屬意外。他原本朝北航行，歐若米港有個陌生人指點他來這裡尋求協助。接著，一條甌司可船早在等他上船，然後由史基渥負責帶路。這一連串過程，有多少是那個追蹤他的黑影所為？或者都不對，而是他與追蹤他的黑影同時被別的力量硬拉至此。也就是說，格得追隨某種誘力，而黑影則追隨格得。至於利用史基渥為武器，是碰巧嗎？一定是這樣沒錯，因為如同席蕊說過的，那黑影確實受到阻撓，無法進入鐵若能宮。自從格得在這塔裡醒來，一直沒感覺到黑影潛伏的跡象或威脅。但，倘若真是如此，那到底是什麼把他帶到這裡來？雖然格得的腦子目前仍處於遲鈍狀態，但他看得出來，這地方不是普通人想來就能來的。這裡地處偏遠，塔樓又高。內玄是距離這兒最近的城鎮，但塔樓背對著連結該城的道路。所以，沒有人進出這座塔樓，而且從窗戶俯瞰出去，四周盡是無人的荒地。

格得一個人待在高聳的塔房裡，每天從窗戶看出去，日復一日感到又遲鈍、又消沈、又寒冷。塔裡一直都很冷，即使有許多毯子、織錦掛畫、毛皮襯裡的衣物、寬闊的大理石壁爐，也還是冷。那種冷深深侵入骨頭和脊髓，趕也趕不走。而格得的內心也住著一股冰冷的恥辱，趕也趕不走：每一想起他曾與敵人面對面卻落敗而逃，那股冰冷的恥辱就一擁而上。柔克學院所有的師傅都在他心中集合，耿瑟大法師在當中皺著眉頭，倪摩爾也和他們在一起，還有歐吉安，甚至連教他第一招法術的女巫姨母也在，所有人都瞪著格得。格得明白自己辜負了他們對他的信心。他向眾人辯稱：「如果我不逃跑，那黑影就會占有我。它已經擁有史基渥的全部力氣，還有我部分的力氣了，而且我也鬥不過它，它知道我的名字，我只得逃跑。尸偶加上巫師，會成為一股邪惡與毀壞的恐怖力量，我不得不逃跑。」可是在他心裡聆聽他辯白的那些人，卻都不肯回答他。他只能照舊望著窗外的細雪，不斷飄到窗下的空地荒野，讓他覺得遲鈍與寒冷在心中擴大，擴大到最後沒有感覺，只剩下疲乏為止。

就這樣，格得悽慘地獨自熬過幾天的時間，等他終於有機會出房間，下塔樓時他依然沈默，反應不靈活。主塔樓夫人的美貌讓他心亂神迷；置身這個富麗舒適、井然有序的奇異宮樓，格得更加覺得自己是個徹頭徹尾的牧羊人。

他想獨處時，他們就讓他獨處；等他受不了自己內心的想法、也不想再看落雪時，席蕊就會在塔樓下層的某間弧形廳中與他閒聊。塔樓下層有許多這樣的廳室，壁上掛氈，爐火熊熊。在塔樓夫人身上看不到歡暢，她雖然常微笑，卻不曾大笑。但她僅需一個微笑，就足以讓格得自在起來。格得與她相處之後，才漸漸忘記自己的遲鈍和恥辱。不久，他們便天天見面，就靠在塔樓高房的壁爐邊或窗口長聊，靜靜地、漫不經心地，有時也會避開隨時在席蕊身邊的女侍。

老爺多半都在自己房裡，只有早晨會在塔樓內白雪覆蓋的天井來回閒步，像一個把整夜的時間都用於醞釀法術的老術士。晚上與格得及席蕊一同用餐時，他也沈默坐著，偶爾抬眼瞥一下年輕的夫人，目光嚴厲而陰仄。格得憐憫這位夫人，她就像籠中白鹿、折翼白鳥、老男人指上的銀戒，只是班德斯克的一項收藏品。等老爺離去之後，格得總是留下來陪她，設法驅走她的孤獨，讓她開心，如同她驅走他的孤獨，讓他開心一樣。

「那個用來為這塔樓命名的是什麼寶石？」格得問夫人。他們兩人仍坐在空蕩蕩的燭光餐廳裡談話，金色餐盤和金色高腳杯內都已空無一物。

「你沒聽說過嗎？那塊寶石很有名哪。」

「沒聽過。我只曉得甌司可島的地主都有聲名顯赫的寶藏。」

「噢，這塊寶石的光輝勝過所有的礦石。來吧，想不想見識一下？」

她微笑著，臉上帶著譏嘲和勇敢的表情，好像有點擔心自己的決定。她帶著年輕的格得離開餐廳，經過塔樓底層窄小的走廊，走到地下室一扇上鎖的門邊。格得還沒有看過這道門。夫人用一把銀鑰匙開鎖，開鎖時還用她一貫的微笑仰望格得，好像是在激勵格得繼續隨她走。那扇門之後是一段短甬道，接著又是一扇門。這次她用一把金鑰匙開鎖。過了這扇門是第三扇門，她用解縛大咒語開鎖。進入最後這扇門裡面，她手執的燭火映現出一個小房間，看起來像個地牢，地板、牆壁、天花板，全是粗石，空空的沒有任何設備。

「你見到沒？」席蕊問。

格得環顧室內，他的巫師之眼見到了地板石當中的一塊。那是塊巨大的地板鋪石，與其餘石頭一樣粗糙陰濕。但格得可以感覺到它的力量——有如它在大聲對他說話一樣；而且，他的喉嚨緊抽一下，呼吸窒住，一時周身都覺難受。這就是高塔的奠基石。這裡是塔樓的中心點，但這裡卻冷得刺骨，沒有什麼能使這小房間溫暖起來。它是一塊太古石，石中禁錮著一個曠古而恐怖的精靈。

格得沒有回答席蕊，只是靜靜站著。一會兒，席蕊好奇地迅速瞥了格得一眼，同時手指著那塊石頭：「那一塊就是鐵若能寶石。你會不會感到奇怪，為什麼我們會把這麼珍貴的寶石鎖在塔樓最底下的收藏室裡？」

格得仍然沒有回答，只是默默地留神站著。也許她是在測試他；但格得認為席蕊對這石塊的特性一點也不清楚，才會用輕忽的態度談起這石頭。她對這塊石頭還不夠了解，所以不怕它。「妳告訴我它有什麼力量。」格得終於說道。

「遠在兮果乙由開闊海升起世界上的陸地以前，這塊石頭就已經形成了，與世界同時誕生，將永存至末日。對它而言，時間根本微不足道。如果你把手放在它上面問它問題，它就會根據你內在力量的多寡來回答你的問題。只要你懂得怎麼聆聽，這石頭就有聲音。它可以談以前、現在、未來的事。早在你踏上這塊土地之前，它就已經提到你來的事了。你現在要不要問它一個問題？」

「不要。」

「它會回答你喲。」

「我沒有問題要問它。」

「說不定它會告訴你如何打敗你的敵人。」席蕊輕柔地說道。

格得靜立無聲。

「你怕這塊石頭嗎？」席蕊好像不可置信似地問著，格得回答：「對。」

在層層法術石牆圍繞的這個房間中，在要命的寒冷與寂靜中，席蕊手持著蠟燭，用發亮的雙眼又瞥了格得一眼，說：「雀鷹，你才不怕呢。」

「但是我絕不會跟那精靈說話。」格得回答，然後正面看著她，鄭重說道：「夫人，那個精靈被封在石頭裡，石頭又用捆縛術、眩目術、閉鎖術、防衛術和三道堅固的圍牆鎖起來，藏在一個不毛之地。這並不是因為這塊石頭寶貴，而是因為它會造成重大惡行。我不知道當初妳來的時候，他們是怎麼對妳說的；但是像妳這麼年輕溫和的人，無論如何都不應該碰這東西，連看都不要看，它對妳沒有好處。」

「可是我碰過它，對它說過話，也聽它講過話，它沒傷害我呀。」

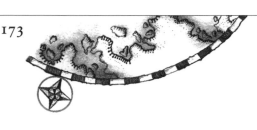

她轉身，兩人穿越重重的門及通道，最後來到塔樓寬敞的階梯，一旁的火炬照耀著，席蕊吹熄了燭火。兩人沒說幾句話就分開了。

當晚，格得睡得很少。倒不是想到黑影而睡不著，那份思慮反而已經被逐出腦海；取而代之的是那個反覆出現的石塊，以及席蕊在燭光中明滅不定的臉孔。他一次又一次感受她那雙注視他的眼睛，想確定他拒絕碰觸那塊石頭時，席蕊雙眼的神色是輕蔑還是受到傷害。等他終於躺下來就寢時，床上那條絲緞床單冷得像冰，使他又在黑暗中清醒，又想起那塊石頭和席蕊的眼睛。

第二天，他在灰色大理石砌的弧形廳裡找到席蕊，她常在這裡玩遊戲，或與女侍在織布機旁工作。這時，西沈的落日照亮了廳室。格得對她說：「席蕊夫人，我昨天對您無禮，很抱歉。」

「不會呀，」她露出回想的表情，又說了一遍：「不會。」她支開陪伴的女侍，等她們都走了以後，才轉向格得。她說：「我的貴客，我的朋友，你是個明眼人，但或許你還沒想通這些該想通的事。弓忒島和柔克島都教人高超的巫術，但他們不會教盡所有的巫術。這裡是甌司可島，又叫渡鴉島，不是說赫語的地區，所以它不受法師轄制，法師也不太了解這島嶼。這島上發生的事，南方那些大師不一定都處理過；而且這裡的事事物物，有的也不在名字大師的名字清單上。人對不知道的東西總是害怕，但你身處鐵若能宮卻什麼也不怕，換成是個比較弱的人，必定會害怕，你卻不怕。可見你生來有力量，可以掌控封鎖室裡的東西。這一點我知道，這也是為什麼你現在會在這裡。」

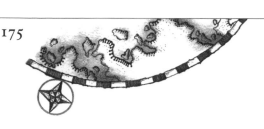

「我不明白。」

「那是因為我夫君班德斯克沒有對你完全坦白。我會對你坦白的。來，坐我旁邊。」

他坐在她旁邊那個有靠墊的窗臺。將逝的陽光直射窗內，使他們沐浴在沒有溫暖的光輝裡。塔樓下方的野地已然沒入黑暗；昨夜的雪尚未溶化，單調的白色覆蓋著地面。

此時，她非常輕柔地說：「班德斯克是鐵若能的領主兼繼承人，但是他沒辦法利用那東西，他沒辦法讓那東西完全服從他的意志。我也不行，不管是單獨或與他合作都不行。他和我都沒有那種技藝，也沒有那種力量。但你技藝和力量都有。」

「妳怎麼知道？」

「從石頭本身得知！我告訴過你，那石頭說你會來。它認識自己的主人，也一直在等你。在你出生以前，它就在等你了，等那個能夠駕御它的人。凡是能教鐵若能石回答問題且服從指示的人，就有力量掌控自己的命運，包括擊毀任何敵人的力量，不管敵人是人是靈；以及遠見、知識、財富、疆土；還有隨心所欲的巫術，讓大法師也自歎弗如！要多要少，隨你選擇，任你要求。」

她再一次抬起她奇異明亮的雙眼望著格得，她的凝視穿透了他，讓他著涼似地打起哆嗦。可是，她臉上也有恐懼，彷彿在尋求他的幫助，卻礙於自尊而不便開口。格得十分茫然。她說話時，一手輕輕放在格得手上，在格得黝黑強壯的手上，席蕊的手顯得瘦小白皙。格得辯稱道：「席蕊！我沒有妳想的那種力量，我一度擁有的力量都斷送在我手裡了。我幫不了妳，對妳沒有用處。但我明白，大地太古力不是要供人使用的，絕不能交在我們手裡，太古力到我們手裡只會破壞。不當的手段必導致惡果。我不是受吸引而來，而是遭驅趕而來；那個驅趕我的強大力量一心要毀滅我。我無法幫妳。」

「斷送了力量的人，有時會充滿更大的力量。」她依舊微笑說著，彷彿格得的懼怕和顧忌很孩子氣。「是什麼把你帶來這裡，我可能比你清楚。歐若米街上不是有個男子對你說話嗎？他是鐵若能石的僕人，是這裡派去的使者。他本人曾是巫師，但是他放棄了巫杖，服膺一股比任何大法師的力量都強大的力量。於是你來到甌司可島，在荒野中，你嘗試用木杖與黑影戰鬥。我們差點兒救不了你，因為那個追隨你的東西，比我們設想的還要狡獪，而且已經吸取你很多力量了……唯有黑影

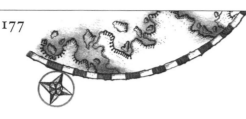

能對抗黑影；唯有黑暗能擊敗黑暗。雀鷹，你聽我說！想想看，你需要什麼，才能打敗在重重圍牆外等候你的黑影？」

「我需要知道它的名字，但那是不可能知道的。」

「那塊鐵若能石知道所有的生與死，知道死前死後的生靈，知道未生與未死，知道光明界與黑暗界，它會把那個名字告訴你。」

「什麼代價？」

「不用代價。我告訴你，它會服從你，像奴隸一樣服侍你。」

格得動搖不定、內心交戰，沒有答腔。席蕊此時用雙手拉起格得的一隻手，注視著他的臉。太陽已落入朦朧陰暗的地平線，天色也暗下來了，她看著格得，看著他的意志業已動搖，她的臉因讚許和勝利而愈發明亮。她輕柔地呢喃：「你會比所有的人都強大，成為人中之王，你會統治一切，我也會和你一齊統治——」

格得突然站起來向前跨了一步，這一步讓他看到長廳牆壁彎曲處，鐵若能領主正站在門邊靜聽，臉上還略帶微笑。

格得的眼睛看清楚了，腦子也想通了。他低頭看著席蕊。「擊敗黑暗的是光明，」他結結巴巴地說：「——是光明。」

他的話宛如指引他的光明，話一說完，他立即恍然明白自己是如何被牽引、誘導至此；他們如何利用他的恐懼引導他；等他來了，又如何把他留住。確實，他們救他脫離黑影，因為他們不希望格得在成為鐵若能太古石的奴隸前先被黑影占有。一旦他的意志被石頭的力量攫獲，他們就會讓黑影進入重重圍牆——因為尸偶是比人類更為出色的奴才。要是格得觸摸過太古石或對它說話，必定早就完全迷失了。所幸，黑影一直不太能趕上格得，捉住他，太古石也同樣無法利用他——差一點。格得幾乎要降服了——也是差一點。他沒有答應，邪惡很難掌握一個尚未答應它的靈魂。

他站在兩個業已降服答應的人中間，輪流注視這兩人。班德斯克走上前來。

「席蕊，我告訴過妳，」鐵若能領主用枯乾的聲音對夫人說：「他一定會逃過妳的掌握。你們弓忒島的巫士都是聰明的傻瓜。而妳，弓忒島的女人，妳也是傻瓜一個，竟然想同時欺騙他和我，用妳的美貌轄制我們兩個，然後利用鐵若能達到妳個人的目的。可惜我才是太古石的主人，對不忠的妻子，我是這麼處理的：『依卡符羅．哀．歐耶滏塔……』」那是一種變換術。班德克斯的長手高舉，欲將那個瑟縮的女人變成某種不堪的東西，也許是豬、狗，或是流口水的醜老太婆。格得趕忙上前，用手去打領主的手，同時口唸一個短咒。雖然他沒有巫杖，又置身異鄉邪地這個黑暗勢力的疆域，但他的意志占了上風。班德斯克站立不動，混濁的眼睛怨恨

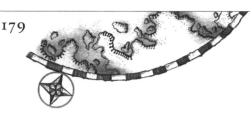

且茫然地盯著席蕊。

「來，」席蕊顫聲道：「雀鷹，快，趁他還沒把太古石僕人召來……」

一個細小的聲音如同回聲般在塔內流竄，穿透石牆石地。那是乾澀顫抖的低語，好像土地本身居然說話了。

席蕊抓住格得的手，與他一同跑過甬道和廳堂，步下曲折迴繞的長階，他們來到天井時，最後一道天光還照在經人踐踏過的污雪上。城堡裡的三名僕人攔住他們的去路，不悅地盤問兩人，好像懷疑這兩人做了什麼對主人不利的事。「夫人，天色漸漸晚了，」一人這麼說完，另一人接著說：「這時候你們不能出城去。」

「走開，髒東西！」席蕊大叫，她用的是齒擦音極明顯的甌司可語。僕人應聲倒伏在地面打滾，其中一人大聲尖叫。

「我們一定要從大門出去，沒有別的出口。你看見門了嗎？你找得到嗎，雀鷹？」

她用力拉他的手，但格得躑躅不前。「妳對他們施了什麼咒？」

「我把熱鉛注入他們的脊髓，他們一定會死。快啊，我告訴你，他就要把太古石僕人放出來了，我竟然找不到大門——大門施了重咒，快！」

格得不懂她的意思，因為依他看，那扇被施咒的大門明明在庭院的石拱廊前端，他看得一清二楚。他領了席蕊穿過拱廊，橫越前院無人踩踏的雪地，然後口唸開啟咒詞，帶她穿越了那道法術牆中間的大門。

他們一走出門，進入鐵若能宮外的銀色暮光之中，席蕊就變了。在野地的荒寂光線裡，她的姿色依然不減，但那美色帶著女巫的凶殺之氣。格得終於認出她了：她就是銳亞白鎮鎮主的女兒，甌司可島一個女蠱巫的女兒，很久以前曾在歐吉安住家山上的青草地嘲弄過他，因而促使他閱讀那個釋放黑影的法術。

不過，格得沒時間多想，因為現在他得全神貫注，提高警覺，環顧四周尋找敵人，也就是在法術牆外某處等他的黑影。它可能還是尸偶，披著史基渥的死屍；也可能潛藏在這片無邊的黑暗中，等著抓住格得，再將自己的無形無狀與格得的血肉之軀加以融合。格得感覺它就在附近，卻看不到它；再仔細瞧時，他看到一個小小黑黑的東西半埋在大門幾步外的積雪裡。他彎下腰輕輕把那東西捧起來，那是甌塔客，細細的短毛被血纏結，小小的身軀在格得手中，顯得又單薄、又僵硬、又冰冷。

「快變形！快變形！他們來了！」席蕊尖聲大喊，猛地抓了格得手臂，並指著塔樓。塔樓矗立在他們後頭，在暮色中像顆巨大的白牙。靠近地下室的窗縫，正爬出一種黑黑的動物，伸展長翼，慢慢鼓動，盤旋著越過城牆，向格得與席蕊飛來；

而他們兩人站在山腳下，一無屏障。先前在塔樓裡聽到的細小聲音，這時慢慢變大，在他們腳下的土地顫抖呻吟。

憤怒湧上格得的心田，那是仇恨沸騰的怒氣，衝著那些殘酷地欺騙他、陷逼他、追捕他的死物而發。

「快變形！」席蕊向他尖叫，自己也迅速吸氣施法，縮成一隻灰色海鷗，飛了起來。但格得彎腰從甌塔客死去的雪地裡摘下一片野草葉，那撮野草突出地面，既乾枯又脆弱。格得舉起野草，用真言對它念出咒語，野草便隨之加長變厚，等咒語念完，格得手中握著一根巨大的巫杖。鐵若能宮的黑色鼓翼怪獸向他飛撲而來，格得以手杖迎擊時並沒有燃燒出紅色的致命火焰，只發出白色的法術之火，不灼熱，卻能驅走黑暗。

怪獸又返回攻擊。那些笨拙的怪獸存在於鳥類、龍族、或人類出現以前的時代，長久以來為日光所遺忘，如今卻被太古石那曠古常存的邪惡力量徵召出來。怪獸侵襲格得，朝他猛撲，格得感覺怪獸的尖爪就在他四周掃畫而過，牠們的惡臭令他作嘔。格得激烈地揮舞著以自己的憤怒和一片野草製成的光杖驅趕牠們。突然間怪獸一哄而起，有如被腐肉嚇著的野烏鴉，無聲地拍著翅膀，轉身朝席蕊海鷗飛行的方向飛去。牠們巨大的翅膀看似緩慢，飛行速度卻很快，每拍動一下，都把牠們向空中大力推進。沒有一隻海鷗飛得過牠們這種驚人的速度。

格得像昔日在柔克島般迅速把自己變成一隻大鷹：不是大家稱呼他的雀鷹，而是可以像箭或思想一樣極速翱翔的旅鷹。他展開那對銳利強健的斑紋翅膀，飛去追趕那些曾經追趕他的怪獸。天色已暗，星星在雲朵間閃爍。他看前方一團亂蓬蓬黑壓壓的獸群全部朝半空中的一個點飛去，那黑點再過去不遠處就是海洋，在最後一點天光中映現灰茫的閃光。旅鷹格得以超速飛向那些太古石怪獸，他一飛到怪獸群中，怪獸立刻像池子被丟了一顆小石子般水花四散。但牠們已經逮著獵物：其中一隻怪獸的嘴角掛著鮮血，另一隻的爪子揪著白色羽毛。蒼茫的海面上，再沒見到一隻海鷗飛掠。

怪獸又轉向格得，醜惡地努著鐵嘴張口飛撲而來。旅鷹格得一度在牠們上空盤旋，用老鷹尖銳的叫聲挑釁地叫出內心憤怒，然後咻地飛越甌司可島低平的海灘，攀升至海洋浪花的上空。

太古石怪獸嘶啞地叫著，在原處盤旋片刻之後，便一隻一隻笨重地轉回野地上空。太古力長久被捆綁在每個島嶼某個洞穴、某塊岩石、或某個泉水中，絕不會跨海而去。所以，這些黑色獸體又全部回到塔樓；鐵若能領主班德克斯或許會為牠們歸來而哭泣或大笑。但格得繼續飛行，拍著隼鷹之翼，鼓著隼鷹之怒，像枝不墜落的利箭，也像一抹不忘卻的思緒，飛越甌司可海，向東飛進冬風和夜色中。

緘默者歐吉安今年很晚才結束秋季漫遊回到銳亞白鎮的家。隨著歲月推移，他變得比以往更沈默，也更安於孤獨。山下城裡那位新任的弓忒島島主曾經專程爬上「隼鷹巢」向歐吉安法師討教，以便成功前往安卓群嶼進行掠劫冒險，卻一個字也沒獲贈。對網中的蜘蛛說話、也對樹木禮貌問安的歐吉安，對來訪的島主一語不發，最後島主只好悻悻然離開。歐吉安內心恐怕也有點不悅或不安，因為整個夏季和秋季，他都獨自一人在山上周遊，直到現在日迴將近，才返家回到爐邊。

返家次日，他起得晚，想喝杯燈心草茶，便走出家門，順著山坡往下走一小段路，在一道山泉間取水。山泉水形成一座小池塘，邊緣都結凍了，霜花勾勒出岩間乾苔的形狀。都已是大白天，太陽卻照了一小時也照不到這座山的巨大山肩，因為整個弓忒島西部在冬季的早晨，從海濱到山巔，都受不到日照，只是一片寧靜晴朗。這位法師站在泉水邊觀望下坡的山地、海港與遠處灰茫大海時，聽到有翅膀在頭上鼓動的聲音。他仰頭一看，稍稍抬起一隻手臂，一隻大老鷹咻地飛下來停在他腕際。老鷹像訓練有素的獵禽般附著在他的手腕上，沒有鏈子，也沒有皮帶或鈴鐺。牠的爪子緊抓著歐吉安的手腕，斑紋翅膀顫抖著，金黃的圓眼睛雖顯遲滯但野性仍在。

「你是信差，還是信息本身？」歐吉安溫和地問這隻鷹，「隨我來——」他說話時，老鷹凝望著他。歐吉安沈默了一下，「我猜想，我曾經替你命名。」說著，他大步走回家。進了屋子，手腕還一直棲著那隻鷹。這時，他把老鷹放到爐床上方的熱氣中，讓牠站好，然後餵牠水喝。老鷹不肯喝。歐吉安於是開始施法。他十分安靜，編織魔法網時運用兩手多於念咒。等法術完全編好，他沒看爐上的隼鷹，只是輕聲說道：「格得。」等了一會兒，他轉頭起身，走向站在爐火前發抖，雙眼疲鈍的年輕人。

格得一身華麗的奇裝異服，以毛皮與絲、銀製成，只是衣服破了，而且被海鹽弄得僵硬。他憔悴駝背，頭髮垂掛在有疤的臉旁。

歐吉安取下那件華貴但沾泥帶土的斗篷，帶這個學徒到他曾經睡過的凹室，讓他在草床上躺下，小聲唸了安眠咒語。他一個字也沒對格得說，因為他知道格得這時候還無法說人語。

歐吉安小時候和多數男孩一樣，曾認為利用法術技藝任意變換身形，或人或獸，或樹或雲，如此扮演千百種身分，一定是很好玩的遊戲。成為巫師以後，他了解到這種遊戲的代價，就是失去自我、遠離真相。一個人停留在不是原形的變形

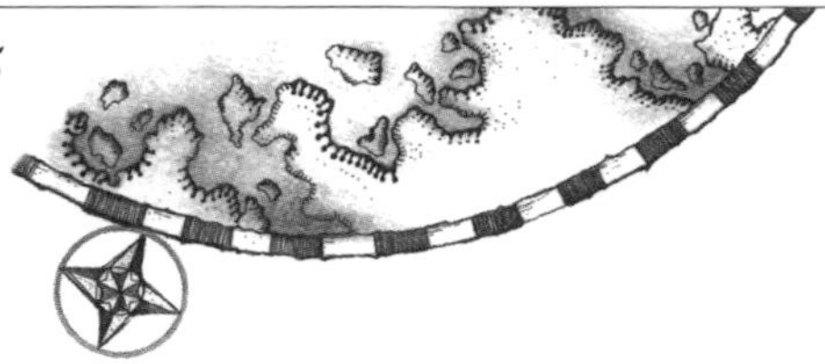

中越久，這些危險就越大。每個學徒術士都曉得威島包桔巫師的故事：那位巫師很喜歡變成熊形，變形次數多了、時間長了之後，那隻熊在他身上長大，他本人卻死了。所以他變成一隻熊，還在森林裡殺了親生兒子，後來被人追捕殺死。沒有人曉得，在內極海跳躍的眾多海豚，有多少隻本來是人。他們原是有智慧的人，只不過在永無靜止的大海裡嬉戲，高興地忘了他們的智慧和名字。

格得是出於激烈的悲痛與憤怒才變成鷹形，他一路從甌司可飛返弓忒島途中，心中只有一個念頭：就是飛離太古石和黑影，逃開那些危險冰冷的島嶼，回家。隼鷹的憤怒和狂野，原本像是他自己的憤怒與狂野，後來也完全成為他的；他想飛翔的意志，也成了隼鷹的意志。格得就是那樣飛越英拉德島，在一座孤獨的森林水池喝水，接著又立刻振翅飛翔，因為害怕背後追來的黑影。就這樣，他越過一條寬闊的海上航道，名為「英拉德之頷」，又繼續一直向東南飛。他右側是歐瑞尼亞的淡遠山巒，左側是更為淡遠的安卓島山脈，前方只有海洋，飛到最後，他才看見洶湧的海浪當中突出一波不變的海浪，在前方屹立高聳，那就是白色的弓忒山巔。這次日夜大飛行，他等於穿戴隼鷹的雙翼，也透過隼鷹的雙眼觀看天地，最後他漸漸忘了自己原本知道的想法，只剩下隼鷹知道的想法：飢餓、風、飛行路線。

他飛對了港口。要讓他回復人形，柔克島有幾個人能辦到，而弓忒島則只有一個人。

他醒來時，沈默而凶殘。歐吉安一直沒有和他講話，只是給他肉和水，讓他弓著身子坐在火旁，像隻疲乏、冷酷、不悅的大老鷹。夜晚來時，他又睡了。第三天早晨，他走到端坐在爐火旁凝望著爐火的法師身邊，說：「師傅……」

「歡迎，孩子。」歐吉安說。

「我這次回來，與我離開時一樣，都是傻子。」年輕人說著，聲音沙啞粗厚。法師微笑，示意格得坐在爐火對面，然後開始沏茶。

雪在飄。那是弓忒島低地山坡的第一場冬雪。歐吉安家的窗戶緊閉，但他們聽得見濕雪輕輕落在屋頂上的聲音，也聽得見房子四周白雪的深奧寧靜。他們在爐火邊坐了很久，格得告訴師傅，自從他搭乘「黑影」號離開弓忒島後，這些年來的經過。歐吉安沒有提出問題，格得講完後，他靜默許久，平靜深思。然後他站起來去張羅麵包、乳酪、酒，擺在桌上，兩人坐下同吃。吃完收拾妥當，歐吉安才說：

「孩子，你臉上那些傷疤不好受吧。」

「我沒有力氣對抗那東西。」格得說。

歐吉安久久沒說話，只是搖頭。最後，他終於說道：「奇怪，在甌司可島，你有足夠的力量在術士的地盤敗退他的法術。你有力量抵拒大地太古力的誘惑，閃避

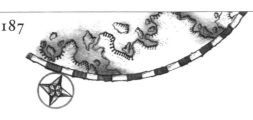

它僕人的攻擊。在蟠多島，你也有足夠的力量面對巨龍。」

「在甌司可島，我有的是運氣，不是力氣。」格得回答，想起鐵若能宮那股鬼魅般的陰冷，他再度不寒而慄。「至於降龍，那是因為我知道牠的名字。但那邪惡的東西，那追捕我的黑影，卻沒有名字。」

「萬物皆有名。」歐吉安說道，他的語氣十分確定，使格得不敢重述耿瑟大法師曾對他說過的話：像他釋放出來的這類邪惡力量是沒有名字的。但蟠多龍的確表示過要告訴他黑影的名字，只是當時他不太信任牠的提議。格得也不相信席蕊的保證，說太古石會把他需要的答案都告訴他。

「如果那黑影有名字，」格得終於說：「我想它也不會停下來把名字告訴我。」

「是不會。」歐吉安說：「你也不曾停下來把你的名字告訴它，它卻曉得你的名字。在甌司可島的郊野，它喊你的名字，就是我幫你取的名字。奇怪了，奇怪……」

歐吉安再度沈思。格得終於說：「師傅，我是回來尋求建言的，不是避難。我不希望把這黑影帶來給你，可是，如果我留在這裡，它很快就會來。有一次你就是從這個房裡把它趕走……」

「不，那一次只是預兆，是影子的影子。如今，我已經趕不走黑影，只有你才能趕走它。」

「可是，我在它面前就毫無力量。有沒有哪個地方……」格得的問題尚未問完，聲音先沒了。

「沒有安全的地方。」歐吉安溫和地說。「格得，下次別再變換身形了。那黑影執意毀滅你的真實存在，才迫使你變成鷹形，結果差點得逞。但是你該去哪裡，我也不知道。不過，你該怎麼做，我倒有個主意，但實在很難對你說出口。」

格得以沈默表示要求實話，歐吉安終於說道：「你必須轉身。」

「轉身？」

「要是你繼續向前，繼續逃，不管你跑去哪裡，都會碰到危險和邪惡，因為那黑影駕御著你，選擇你前進的路途。所以，必須換你來選擇。你必須主動去追尋那追尋你的東西；你必須主動搜索那搜索你的黑影。」

格得沒有說話。

「我在阿耳河的泉源為你命名，那條溪流由山上流入大海。」大法師說：「一個人終有一天會知道他所前往的終點，但他如果不轉身，不回到起點，不把起點放入自己的存在之中，就不可能知道終點。假如他不想當一截在溪流中任憑溪水翻滾淹沒的樹枝，他就要變成溪流本身，完完整整的溪流，從源頭到大海。格得，你返

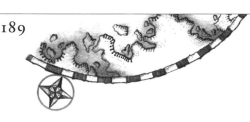

回弓式，回來找我；現在，你得更徹底回轉，去找尋源頭，找尋源頭之前的起點。那裡蘊含著你獲得力量的希望。」

「師傅，那裡？」格得說的時候，聲音裡懷著恐懼：「在哪裡？」

歐吉安沒回答。

「如果我轉身，」格得過了一陣子才說：「如果像您說的，由我追捕那個追捕我的黑影，我想應該不需要多少時間，因為它只盼與我面對面。它已經達成兩次，而且兩次都擊敗我。」

「『第三次』具有神奇魔力。」歐吉安說。

格得在室內來回踱步，從爐邊走到門邊，從門邊走到爐邊。「要是它把我擊垮，」格得說著，或許是反駁歐吉安，或許是反駁自己：「它就會取走我的知識和力量，加以利用。目前，受威脅的只有我，但如果它進入我，占有我，就會透過我去行大惡。」

「沒有錯，要是它擊敗你的話。」

「但如果我又逃跑，它肯定會再找到我……我的力氣全都花在逃跑。」格得繼續踱步片刻後，突然轉身，跪在法師面前，說：「我曾經與偉大的巫師同行，也曾在智者之島住過，但您才是我真正的師傅，歐吉安。」他的口氣滿懷敬愛與悽黯的快樂。

「好，」歐吉安說：「現在你明白了，總比永遠都不明白好。不過，你終究會成為我的師傅。」歐吉安站起來撥火，讓火燒旺些，再把水壺吊在上面燒煮，然後拿出他的羊皮外套。「我得去照料羊群了，幫我看著水壺，孩子。」

等他又進屋時，羊皮外套全是雪花，手上多了一根粗糙的紫杉長枝。那天短短的午後和晚餐後的時間，歐吉安一直坐在燈火旁，用小刀、磨石和法術修整那根紫杉枝。他好幾次用雙手順著枝幹向下觸摸，好像在找瑕疵。他埋首工作時，一直輕輕唱著歌。仍覺疲乏的格得聽著，睡意漸濃，他覺得自己好像是十楊村女巫茅屋裡的那個小男孩。

那晚也下著雪，室內燈火暗沈，空氣中有濃濃的藥草味和煙氣，他耳邊聽著輕柔漫長的咒語吟唱和英雄行誼，那是好久以前在遙遠的島嶼上，英雄對抗黑暗勢力而得勝或迷失的經過，聽了使他整個心田有如入夢般飄浮起來。

「好了，」歐吉安說著，把完工的手杖遞給格得。「柔克學院的大法師送你紫杉杖，是很好的選擇，所以我遵循前例。我本來想用這樹枝做成長弓，但還是這樣好。晚安，我的孩子。」

格得找不到言詞表達感謝。歐吉安目送他轉身回凹室休息時說：「噢，我的小隼鷹，好好飛吧。」聲音很輕，格得沒聽見。

歐吉安在寒冷的清晨醒來時，格得已經走了。他只用符文在爐底石上留下銀色的潦草字跡，十足的巫師作風。歐吉安閱讀時，字跡幾乎消褪：「師傅，我去追捕了。」

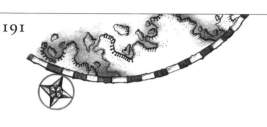

【第八章】

追
Hunting

格得出門時，屋外還是冬季日出前的黑暗。他從銳亞白鎮下山出發，不到中午便走到弓忒港了。他身上的弓忒綁腿、上衣、皮麻合製的背心都很合身，是歐吉安送給他的，以替換甌司可島的華服，不過，格得仍留著那件毛皮襯裡的大斗篷，以應這次冬季之旅所需。於是他披著斗篷，手裡只拿了一根與他同高的木杖，就來到城門。衛兵懶懶地靠著雕龍柱，不消第二眼便看出格得是個巫師，他們問也沒問便移開長矛讓他通行，目送他走下街道。

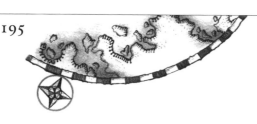

他在碼頭與海洋公會會館等處詢問船班，想尋找向北或向西開往英拉德、安卓、歐瑞尼亞的船。大家都回覆他：日迴近了，目前沒有船隻要駛離弓忒港。會館裡，大家都告訴他，由於天氣不穩，連漁船也不打算駛出雄武雙崖。

他們在會館的食品室招待他晚餐。巫師鮮少需要開口請人賞餐。他與碼頭工人、修船工、造船工、天候師等人坐了一會兒，開心地聽他們天南地北，自然流露出弓忒島人徐緩閒逸的交談與咕噥咕噥的說話習慣。他內心有股強烈的願望想留在弓忒島，放棄所有的巫術和冒險，忘記所有力量和恐懼，在家鄉這塊熟悉親切的土地，與每個男人一樣平平穩穩過日子。這是他的願望，但他的意志卻不在此。他發現沒有船要出港，便沒在海洋會館多停留，也不在城裡久待。他開始沿海灣岸邊步行，一直走到位於弓忒城北方的幾個小村莊，問附近的一些漁人，最後終於找到一個漁夫有條船可供出海。

漁夫是個冷峻的老人，他的船長十二呎，船外板採鱗狀建造，歪斜龜裂得很厲害，看起來一點也經不起風浪，船主卻索價甚高：他請格得在他的船隻、他本人和他兒子身上，各施持一整年的航海平安術。因為弓忒漁民什麼都不怕，連巫師也不怕，只怕海。

北群島區所重視的那種航海平安術不曾救過弓忒人脫離暴風或暴浪，但如果由一個熟悉鄰近海域、深諳造船方式、也懂航行技巧的本地人來施法，通常都能達到日常保平安的效果。格得誠信可靠地施法，花費一天一夜，穩當耐心地一步一步進行，什麼也沒遺漏；但是他心裡卻一直懷著恐懼的壓力，思緒不斷溜向黑暗的小徑，想像著那黑影之後會如何在他面前出現、多快出現、在哪裡出現。法術施畢，他非常疲倦，當晚就睡在漁夫小屋裡的鯨腸吊床，黎明起床，染了一身乾鯡魚的氣味。格得立即走到轉北崖底下的小海灣，他的新船就停泊在那裡。

他利用灣邊平臺把小船推入平靜的海水，海水立刻輕湧進船裡。格得像小貓般輕盈地踏進小船，趕緊整理歪斜的木板和腐爛的木椿。他像以前在下托寧與沛維瑞合作一樣，同時運用工具和巫術。村民靜靜聚攏在不遠處，觀看格得的快手，傾聽他柔和的念咒聲。這工作他也是穩健耐心地一步步進行，直到全部完成，小船完全不漏水為止。接著，他把歐吉安為他做的手杖豎起來當桅桿，並注入法力，再橫著加綁一根良木作為帆桁。從這根帆桁以下，他編織出一塊四方形的法術帆，顏色白得有如弓忒山巔的白雪。婦女們見此，欣羨得驚歎出聲。接著，格得站在桅桿旁，輕輕升起法術風，海面的小船於是滑行出去，越過海灣，轉向雄武雙崖。默默觀看的村民親眼看到這條會進水的槳船變成不漏水的帆船出海，輕快俐落得有如磯鷸展翅，不由得歡呼起來，在海邊迎著冬風又笑又跳。格得回頭片刻，看到村民們在轉北崖嶙峋深暗的岩塊下，為他歡呼送別；崖上方是沒入雲端的弓忒山，山野覆蓋著白雪。

格得駛船穿越海灣，航經雄武雙崖岩塊，進入弓忒海，開始向西北方前進，經過歐瑞尼亞的北方，照著他所來的路程回航。這次航行沒有什麼計畫或策略，純粹是路程的回溯。那黑影既然從甌司可島穿風越日追隨他的鷹行路線，就可能在這條路線遊蕩或直行過來，誰也拿不準。但是，除非它已經完全退回夢的疆土，否則應該不會錯過格得才是，這回他公開穿越開闊海，要與它交手。

要是必須與黑影交手，格得希望是在海上。他不太確定為何這麼盼望，但他很怕與那東西在乾硬的陸地上再度交鋒。儘管海上會興起暴風雨和海怪，卻沒有邪惡的力量，邪惡屬於陸地。而且格得去過的幽暗島陸沒有海，也沒有河流或泉水。乾硬的陸地代表死寂。雖然在天候惡劣的季節裡，海洋對格得也構成危險，但他彷彿覺得那種危險、變動和不穩定，反而是一種防衛和機會。這次若能在自己的愚行終結時遇上黑影，他或許至少可以依照它以前對他的做法，也緊抓著它不放，再用自己身體的重量、用自己死亡的重量，把它拖進深海的黑暗中，那麼，它既然被掌握住，以後大概也不會再升起來了。這樣，至少他在世時釋放出來的邪惡，能以他的死亡做個了斷。

他航行在洶湧的海面上，頂上的雲層低垂吹飄，宛如覆蓋一大塊服喪面紗。他目前沒有升起法術風，而是靠自然風航行。風由北方猛烈吹來，只要他常常小聲持咒，維持那張法術帆，風帆本身就會設法迎風前進。要不是運用這法術，他實在不可能讓這條奇怪的小船在這洶湧的海上行駛這條路線。他繼續前進，並敏銳察看四面八方。啟程時，漁夫的妻子給了他兩條麵包和一罐水。行駛數小時後，他首先看見弓忒島和歐瑞尼亞島之間唯一的小島——坎渤岩。格得吃了麵包，喝了水，心中感激家鄉那位贈與食物的沈默漁婦。航經那個看來淡遠的小島嶼之後，他繼續西行，海面開始下起毛毛細雨，如果在陸地，恐怕就成了小雪。四周寂靜，只有船隻輕輕的吱軋聲和海浪輕拍船首的聲音。沒有船隻擦身，也沒有鳥飛過。一切靜止，只有始終動蕩的海水和浮雲在移動。現在行駛的這條西行航線，是他變形為老鷹時飛行的同一路線，只不過當時是向東。現在他仍依稀記得那些雲在他四周飄浮的情形。當時他俯瞰灰茫茫的大海，現在他仰望灰茫茫的天空。

他四面張望，前方什麼也沒有。他站了起來，全身僵冷，也厭倦這樣凝視張望空無的四周。「出來呀，」他於是喃喃道：「出來呀，黑影，你在等什麼？」沒有應答，灰暗的海霧和海浪中間，沒有什麼更灰暗的東西在移動。但他越來越肯定，那東西離他不遠，正在盲目地尋找陰冷的線索。因此，格得突然高聲大叫：「我在這裡，我，格得，雀鷹，我召喚我的黑影！」

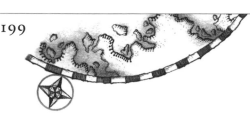

小船欸乃前行，浪濤窸窣輕語，海風颼颼吹掠白帆。一段時間過去了，格得依舊等著，一手放在紫杉木船桅上，兩眼盯視冰冷的細雨由北打來，在海面上緩緩畫著不整齊的斜線。然後，在海面上遠方的雨中，他見到黑影向他而來。

它已經把甌司可島槳手史基渥的身體解決了，所以不是以尸偶的形態穿風越海來追格得；也不像格得在柔克圓丘或夢中所見那樣化為怪獸。可是如今它即使在光天化日之下，也有形狀。它在追捕格得以及在荒野與他爭鬥的過程中，已經擷取他的力量，吸入自己體內。現在格得在光天化日下召喚它，可能因而給了它或加諸它某種形態和實質。它現在確實有點像人，只不過因為是黑影，所以才投射不出黑影。它就這樣越過海洋，從英拉德之頜冒出來，朝弓忒島而來，一個幽暗邪惡的東西在海浪上踉蹌前進，邊走邊細察海風，冰冷的雨水穿透了它。日光使它半盲，又因為格得呼喚它，所以格得先看見它，它才看見格得。茫茫人海與黑影中，他認得出它，它也認得出他。

冬季的海面上，格得在一片駭人寂寥中見到他所畏懼的東西。海風好像把它追遠了些，但它底下的海浪卻讓格得的眼睛錯亂，使他覺得它反而似乎愈來愈靠近他。格得弄不清它到底有沒有移動，現在它也見到他了。儘管格得心裡對它的碰觸只覺得恐怖與懼怕，那碰觸是股冰冷黑暗的痛苦，不斷耗蝕他的生命，但他仍舊等待著。接著，格得猛然出聲念咒，增強法術風，把風注入帆內，他的船於是陡地筆直跨越灰茫海浪，朝那個懸在風中，正往下沈落的黑影疾駛過去。

那黑影無聲無息地擺動著，轉身逃走了。

黑影朝北方逆風逃逸，格得的船也逆風跟隨：黑影的速度對抗法師的技藝，飄雨的風對抗他們兩個。年輕的格得對他的船、帆、風和前方巨浪一一高喊，有如獵人親眼看著狐狸從眼前逃走時對著獵物高喊一般。他對船帆施法注入的強風，足夠把一般帆布做的船帆吹毀，但現在，那強風帶動他的船越過海面，有如吹起一陣泡沫，越來越靠近那個逃逸的黑影。

此時，黑影轉向，繞了半圈，突然顯得鬆垮陰暗，不似人形，反倒像風中飄拂

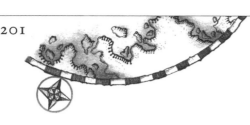

的煙。它回頭順著強風疾行，似乎是往弓忒去。

格得用手和咒語轉變船向，如海豚自水面躍出並快速轉圈。他跟隨的速度比先前更快了，但黑影看起來卻越來越模糊。夾帶雨雪的冷雨刺痛了格得的背和左頰，而且他頂多只能看見前方一百碼遠。暴風雨增強，黑影不久便消失無蹤，但格得知道它的蹤跡，彷彿自己是在雪地上跟隨獵物，而不是在水面上跟隨竄逃的鬼魂。雖然他現在順風，但他仍然誦念法術風注入帆內，所以，浪花從平鈍的船首急速射出，船隻擊浪前進。

追者與逃者僵持這種詭異疾馳的路線許久，天色很快暗了下來。格得知道，他們這麼快速追逐了數小時，現在必定已到達弓忒島南方，背對弓忒島，向司埤維島或托何塭島前進，甚至已經越過這些島嶼，進入開闊的陲區。他無法確知，但無所謂，他繼續追捕，繼續跟隨，恐懼在他前方奔跑。

突然間，他看到黑影在距他不遠處閃現。這時自然風已逐漸平息，暴風雨也慢慢趨緩，轉為冷冽刺骨、漸趨濃厚的迷霧。格得透過迷霧，瞥見黑影朝他右手邊逃逸，他對風和帆念咒，接著轉動直舵柄向右追去。只不過，這又是一次盲目的追捕，因為迷霧正急速變濃，一遇到法術風更是沸沸揚揚，罩滿船隻四周，形成隱蔽光線和視野的無形白網。不過，格得一念清除咒的第一個字，就又看見黑影仍然在他右邊，而且非常靠近，正緩慢移動。只見濃霧飛穿它頭部那個沒有臉的模糊區塊，但它的外形仍然像個人，只是變了形，而且像影子一樣一直在改變。格得再轉船向，自認已經把敵人追到窮途末路，可是就在那一瞬間，它消失了！走到窮途末路的是他自已的船，因撞上沙洲岩石而觸礁——是濃霧讓他看不見那些岩石。他幾乎被拋出船外，所幸在另一波浪潮打來之前，他抓緊了手杖桅桿。那是一波滔天巨浪，把小船拋離水面，然後重重摔落在岩石上，就像人舉起蝸牛殼往地上摔碎一樣。

歐吉安削製的手杖堅固又具法力，這一摔並沒摔斷，只是像乾圓木一樣在海面上漂浮。格得緊抓著手杖，在海浪由沙洲回流而形成第二波海浪湧起時，也被沖回大海，而免於被另一股浪潮打在岩石上而重傷致死。鹽份刺激眼睛使他看不見，也讓他嗆水，但他仍然努力把頭抬高，抵抗海水的巨大拉力。他在浪頭間的空檔努力浮游時，數度瞥見岩石旁邊有處沙灘。他用盡全力，加上巫杖的力量之助，拚命朝沙灘游去，卻始終前進不了。波濤洶湧中，浪來潮去，他像廢物一樣被拋來拋去。海洋的寒冷也迅速奪走他的體溫，使他漸漸衰弱到再也無法撥動雙臂。這一來，岩石和沙灘都看不見了，他也不曉得自己的臉朝向哪裡，他的四周、上下都只有海水騷動，讓他目盲、令他窒息、使他溺斃。

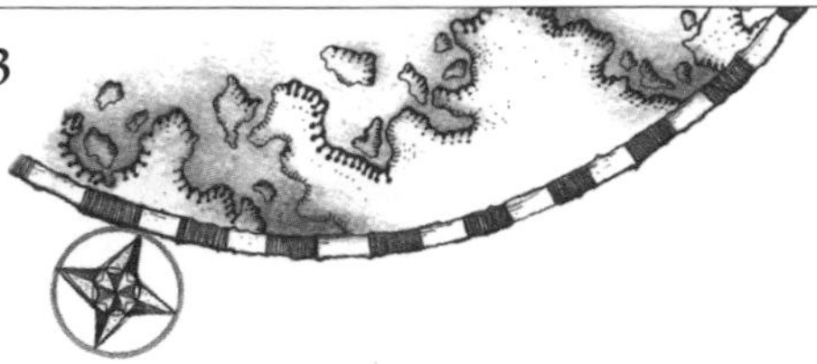

濃霧下一陣大浪湧來，把他一翻再翻，像浮木一樣投擲到空中，掉落在沙地上。他躺在那兒，雙手仍緊握著那根紫杉手杖。較小的波浪不斷打上來淹覆他的身體，想把他往下拉。濃霧散了又來，接著雨雪落下來拍打著他。

過了很久，格得才有了動靜。他用兩手和膝蓋支撐著爬起來，慢慢往沙地高處爬，離開水邊。這時已是黑夜，他對著手杖低語，一道微小的假光立刻攀附在手杖上方。利用光線作為導引，他掙扎向前，一點一點爬上沙丘。此刻格得身受重傷、疲憊衰弱、寒冷不堪，如此在風雨颼颼的濕地上攀爬，成了他這輩子最辛苦的一件事。有一兩次，他彷彿覺得海水和風雨的轟隆聲都止息了，手下的濕砂變成乾塵土，並感受到奇異星辰在他背上目不轉睛地凝視。但他沒有抬頭，只是繼續爬。好一會兒，他聽見自己氣喘吁吁，還感覺刺骨寒風夾帶著雨水打在他臉上。

爬行總算讓格得恢復了些許溫暖。等他爬到風雨較為平緩的沙丘上，才勉強站起來。四周極為黑暗，他於是對手杖念咒，增強了光線，再繼續倚著手杖前行。跌跌停停向內陸走了約莫半哩路，到了沙丘高點，格得聽見海水的聲音變大了，但聲音卻來自前方而不是後方。原來，從這裡起，沙丘又是下坡，通向另一個海岸。看來，他登陸的不是島嶼，而是珊瑚礁，只是海洋中的一丁點沙地。

格得筋疲力竭，已沒有餘力感到絕望，但他仍然忍不住嗚咽起來，他站在那兒靠著手杖支持，良久不知所措。然後，他歪歪倒倒轉向右邊，至少讓寒風背著吹，再拖著身子順沙丘走下去，打算在這冰封雪掩、海草覆蓋的沙丘上找到一處窪地，暫時避避風寒。正當他舉起手杖照路時，不意在假光環的外圍邊緣瞥見一抹微光，那是一道被雨淋濕的木牆。

那是個小屋或棚子，微小鬆散，彷彿是由小孩搭蓋而成。格得用手杖輕扣低矮的小門，卻無人應門。格得推門入內，他幾乎得九十度彎腰才能進去，在小屋裡也沒辦法站直。木炭在屋內的火坑裡正燒得紅透，就著炭火微弱的光線，他看見一個白髮長長的老人嚇得倚在最遠的牆邊，另一個分不出是男是女的人，從地板上一大堆毯子或獸皮底下探頭窺看。

「我不會傷害你們。」格得小聲說。

他們沒說話，格得看著其中一人，再看看另一人。他們的眼睛因恐懼而顯得深暗。格得放下手杖時，毯子底下的人躲起來悲泣。格得扯下那件被雨水和冰水打得又濕又重的斗篷，再脫去其餘衣物，赤裸著縮在火坑旁。「給我點東西包住身子吧。」他說道。他的聲音沙啞，由於牙齒打顫加上長久冰寒發抖，他幾乎不會說話了，就算屋內那兩人聽得見也聽不出所以然，無法回答。他伸手從床堆抽出一條毯子，可能是羊皮吧，大概也是歷史悠久，上面全是破洞與污垢。床堆下那人嚇得

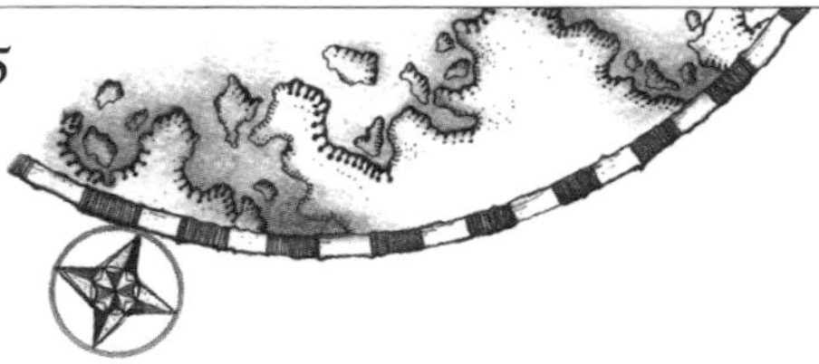

低嚎，但格得沒多理會。他把身子擦乾，然後小聲說：「你們有木柴嗎？把火燒旺些。老伯，我是來求助的，無意傷害你們。」

老人沒有移動，只是害怕地呆望他。

「你們聽懂我講的話嗎？你們不說赫語嗎？」格得停頓一下，又問：「卡耳格語呢？」

一聽到卡耳格，老人立刻點點頭，像繫在線上悲哀的木偶老人一樣。但那是格得僅會的卡耳格語，所以他們也無法繼續交談。格得在一面牆邊找到柴堆，就自己生了火，然後比手畫腳要水喝，由於吞了海水使他非常難受，這時更是乾渴如焚。老人瑟縮著，伸手指向一個裝水的大貝殼，又把另一個裝著煙燻魚乾的貝殼推到火旁。於是格得在火堆旁盤腿而坐，吃喝了一點東西，等力氣和知覺稍微恢復後，才開始納悶自己身在哪裡。他就算依靠法術風，也不可能航行到卡耳格諸島，所以現在這小島一定位於陲區，在弓忒島東邊，但仍在卡瑞構島的西邊。真奇怪，居然有人住在這麼渺小荒寂的地方，它不過是個蕞爾沙洲罷了；這兩個人說不定是被放逐的。但格得實在太疲倦，一時沒有精神追究明白。

他一直把斗篷往火堆處翻轉，把銀白色的毛襯裡先烘乾，等到表層的羊毛也暖和起來，雖然還沒全乾，他就用斗篷包住身體，在火堆旁舒展躺下。「睡吧，可憐的兩老。」他對不發一言的主人說完，就把頭直接放在沙地上睡了。

他在那個無名小島睡了三夜。第一天早晨醒來，全身每條肌肉都瘦痛不已，而且發燒難受。他在小屋的火坑旁，像浮木般躺了一天一夜。第二天醒來，雖然仍僵硬痠疼，但已稍微恢復，於是他穿上那些沒水可洗而殘留鹽結晶的衣物走出小屋，在蒼茫的清晨曉風中，察看一下黑影把他誘騙來的地方。

這是個夾雜岩石的沙洲，最寬約一哩，長有一哩多，四周被淺灘和岩石包圍。沙洲上沒有樹木或樹叢，除了海草之外沒有任何植物。小屋建在沙丘的一個窪處。屋中那對老人獨自住在空闊大海上這個全然孤絕的所在。小屋是用漂流來的木板和樹枝建造而成——其實根本是堆起來的。飲水取自小屋旁一處略鹹的井水，食物是新鮮或乾燥的魚、貝、和岩藻。格得原以為屋內那些破獸皮、骨針魚鉤、釣線、鑽火器等都來自山羊，但其實是取自花斑海豹。這裡也的確是海豹夏天來養育小海豹的地區，但是這樣一個地方卻沒有半個人會來。老人害怕格得，不是因為他們以為格得是幽靈，也不是因為格得是巫師，只因為他是個人。他們倆早就忘記世上還有別人。

老伯的惶恐與畏懼一直沒有減輕。他每次若以為格得要靠近碰他，就會趕快溜走，然後從那頭簾幕似的骯髒白髮內皺著眉盯視格得。至於老婦人，起初一見格得有動靜，就會在毯子堆底下哀哼，但後來格得在幽暗的小屋裡發燒昏睡時，曾見她蹲著注視他，露出不解、納悶和關切的表情。不久老婦人便主動取水給他喝，他起身要接貝殼時，她嚇得把貝殼打翻了，裡面的水全部灑光，於是她哭起來，還拿灰白的長髮拂拭眼睛。

現在，老婦看著格得走下沙丘到海邊，把沖到海邊的船隻厚板收集起來，利用老伯的小斧頭和自己的捆綁巫術重塑一條船。這既不是修船、也不是造船，因為可用的木頭不夠，全靠巫術彌補不足。不過，老婦倒不太觀看他奇妙的工作，反而常觀看他本人，觀看時，眼裡總流露著同樣關切的神色。過了一會兒，她離去，馬上又帶回一樣禮物：她在岩石上拾取的一大把貽貝。格得接過貽貝，就濕答答地生吃了起來，吃完還向她道謝。她似乎受到鼓勵，又回到小屋裡，回來時手上拿著東西，用毯子包住。她不放心地一邊看著格得的臉，一邊打開包裹，然後舉起來讓格得看。

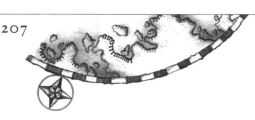

那是一套小孩的衣服，絲綢錦緞，鑲有高貴的珍珠，因鹽漬和歲月而發黃。小小的上衣所鑲繡的珍珠是格得認識的圖形：卡耳格帝國雙白神的雙箭，上面還加了個王冠。

老婦人身上穿的是一件縫工拙劣的海豹皮衣，外表又皺又髒，她先指指那件絲質小衣裳，又指指她自己，微微笑起來，那是甜蜜天真、宛如嬰兒的微笑。那套小衣裳的裙子特別縫了一個隱密口袋，她從口袋中拿出一個小東西交與格得。那是一小塊深色的金屬，可能是破掉的珠寶手鐲，看起來只剩半個圓圈。格得凝神細看，老婦人用手勢叫他收下，一直比到格得真的收下才停止，並再度微笑點頭。她給了他這樣禮物，但那套衣裳她還是小心翼翼地包回髒毯子裡，然後蹒跚走回屋內，把那可愛的東西收藏好。

格得內心充滿憐憫，他把那個破環圈收進上衣口袋，動作之謹慎，差不多與老婦人的動作一樣。他猜測，這兩位老人可能是卡耳格帝國某王公皇族的子女，暴君或奪位者因害怕弒灑王室血統，所以把他們放逐到遠離卡瑞構的無名小島，死活由命。其中一個是男孩，當時大約八至十歲；另一個是結實的女嬰，穿著那件繡珍珠的絲質衣裳。後來兄妹倆活了下來，一直在這個海上沙岩島獨居了四、五十年，成了孤絕淒涼的老王子與老公主。

可是，他這猜測是否真確，要等到數年後才會真相大白。到那時，厄瑞亞拜之環的尋覓之旅將帶領他到卡耳格帝國領土，進入峨團古墓。

格得在島上渡過三晚，第四天的日出平靜而黯淡。那天是日迴，一年中白天最短的日子。他那艘集合木頭與巫技、碎片與法術而構成的小船準備出航了。他曾試著告知老人，他願意帶他們去任何地方，弓忒島、司埠維島或托里口島，甚至如果他們要求，儘管卡耳格海域對群島區的人而言一點也不安全，他也願意帶他們到卡瑞構島某個孤寂的海邊，讓他們上岸。但這兩個老人不肯離開這個貧瘠小島。單憑格得的手勢與平和的話語，老婦人似乎不明白格得的意思，老伯倒是明白，但他拒絕了。他對其他陸地和人類的記憶全都是血腥、巨怪、哀號的孩提夢魘。看老伯一直搖頭，一直搖頭，格得可以明白其中道理。

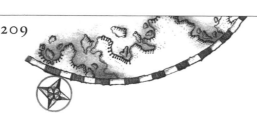

於是，那天早上格得在井邊把海豹皮製的水袋裝滿了水。由於他無從對兩老提供的食物和暖火表達感謝，而且他想回贈老婦，身邊也沒有禮物，只好盡其所能，替那道不太可靠的鹹泉水施咒。結果，由沙地湧出的水變得與弓忒島高山上的山泉一樣清甜，而且永不乾涸。基於這緣故，如今這個沙洲岩島已見人煙，而且有了名字，水手都稱之為「泉水嶼」。只是，那間小屋已不復可見，而且許多場冬季暴風雨雪的降臨，也使那兩位終生居住於此、老死於此的老人，失去了蹤影。

格得駕船駛離小島南端沙灘時，兩位老人躲在小屋裡，好像怕看他走。那天早上，海風平穩地由北吹來，格得讓這自然風注滿巫術帆，飛快地駛越海洋。

說起來，格得這趟海洋尋蹤實在是件怪事。因為他自己也清楚：他不但是對追捕對象一無所知的追捕人，也不曉得那獵物會在茫茫地海的什麼地方。他只能憑猜測、憑直覺、憑運氣去追捕，甚至效法它追捕他的方法。他們彼此看不透對方的存在。就像黑影對「天光和實體」感到迷惑，格得對無形的黑影也感到迷惑。他唯一確定的是：他現在真的是追捕人，而不是被追捕的對象了。因為那黑影把他誘引到沙洲之後，他先是半死不活躺在沙灘上，接著又跌跌撞撞在黑暗中獨行沙丘，黑影大可以將他擒個正著；但黑影卻沒有利用這個大好機會，而是把他騙到沙洲後就立刻逃走，到現在都不敢面對他。由此可知，歐吉安想得對，只要格得反身抵抗黑影，黑影就沒辦法依賴他的力量。所以他必須一直抵抗，一直追趕，儘管黑影的行跡跨越這些廣袤的大洋；儘管他毫無指引，只有好運，碰上這陣向南吹的自然風；內心又只有模糊的猜測或想法：南方或東方才是正確的追捕方向。

就在夜幕低垂之前，他模模糊糊看見左邊遠方有一大塊陸地的海岸線，那裡想必是卡瑞構島。他已經行駛到那些野蠻白人的航道了，因此他仔細觀察四周，看看有沒有卡耳格帝國的長船或帆槳兩用艦。他在霞光滿天的暮色中行駛時，不由憶起了童年時在十楊村的那個早上，想起了手持羽飾槍矛的戰士、火焰、濃霧等等。一邊想著那天的情形，心頭一陣不安之餘，格得霎時領悟了：這個黑影是怎麼利用他的愚蠢，反過來愚弄他；似乎由他個人的過去中，在海面上引聚濃霧來包圍他，使他看不見危險而將他愚弄至死域。

他繼續保持往東南方向行駛，夜色籠罩世界的東邊，所以，剛才遙見的那片陸地已然沈落不見。這時，海上的浪凹已完全變成黑色，但浪頭由於反映了西天紅霞，仍然明顯可見。格得大聲吟唱「冬頌」及《少王行誼》等詩篇，因為這些歌謠都是在日迴節時唱頌的。他的聲音清亮，但一融入海洋廣大的沈寂，就變得悄無聲息。夜色和冬星很快就降臨了。

一年的這個漫漫長夜，他一直醒著觀看星星由左邊升起，慢慢劃過長空，落入東邊黑壓壓的海面。在這伸手不見五指的幽暗海上，冬風倒是一直帶他向南行，他在警覺中只能偶爾瞇一下眼睛。其實，他行駛的根本不是船，一半以上是由咒語和巫術構成，其餘只是厚板子和浮木，只要他鬆了塑形術和捆縛術，這些木頭木板不久就會解散漂走，成為海上的零星殘骸。同樣，要是他睡著，那麼，用巫術和空氣編織而成的船帆，將無法長時間抵擋海風，而會變成氣體飄走。格得的法術雖然適切有效，但碰到像這種法術工夫較小的情況，保持持續運作的力量就必須不斷更新。因此，格得一整夜都沒睡。他不肯變成隼鷹或海豚以求輕鬆和快速，因為歐吉安建議他不要變換身形，而他深知歐吉安建議的價值。所以，現在他在西行的星辰夜空下朝南行駛。長夜漫漫，好不容易才捱到新年第一天照亮了整個大海。

太陽升起不久，他便見到前方有塊陸地，不過，他沒有急著駛向它。自然風已隨破曉而減弱，所以，他升起輕輕的法術風注入帆內，以便駛向那塊陸地。其實，一瞥見陸地，恐懼便再度進入心中，一股沈重的畏懼感驅迫格得轉身逃走。然而，他像獵人跟隨蹤跡一樣跟隨那股恐懼，一如追捕者跟隨大熊又寬又鈍的爪痕，那隻隨時可能由叢林中撲向他的熊。因為格得現在很靠近了，他很清楚。

格得愈來愈靠近，覺得這塊突出海平面的陸地看起來很怪異。由遠處觀看是一整片山牆，靠近才知山牆細分成幾道長形的陡脊，或者說分成幾個小島，海水在小島與小島之間的狹窄峽灣和海峽流動。以前在柔克學院名字師傅的孤立塔裡，格得曾詳細研究許多地圖，但大都是群島區和內海地帶的地圖。現在他航行到了東陲，所以不曉得面前這島嶼可能是什麼島。不過，他沒有多想，因為橫在他面前的其實是恐懼，潛伏在島中那些陡脊和森林之間，躲著他或等著他。所以格得朝它直駛。

被黑森林覆蓋的懸崖，這時幽幽挺立在他的船隻上方。法術風把他推經兩塊海岬，進入一道峽灣時，海浪打擊岩石岬角噴起的水霧濺灑他的帆，在他面前有條寬度不超過兩艘帆槳兩用船的水道延伸進入島內，受到局限的海水在陡峻的海岸邊不停翻騰。因為懸崖壁都直削入海，這裡看不見半個海灘，附近海水也因高崖反射而顯得特別漆黑。此地無風，十分安靜。

黑影曾把格得騙到甌司可島的荒野，把他騙到沙岩地，現在會是第三次誘騙嗎？是格得把黑影趕到這裡？或是黑影把格得趕到這裡，讓他掉入陷阱？他不知道答案，只曉得恐怖正在折磨他，也確信他必須繼續向前，完成這次出航的目的：追到那個邪惡的東西，追隨內心那股恐懼的源頭。他小心行駛，仔細看著前後、上下與左右兩旁的崖壁。他已經把新年頭一天的陽光留在身後的開闊海上，這裡放眼一片黑暗，他回頭一瞥，海岬的開口似乎在遙遠的亮眼入口處。他越接近懸崖的山脈基部，崖壁就突起越高，水道也越發窄小。他窺看前方深黑的岩裂，還有左右向上直抽的大片陡壁，壁面有岩穴凹點與巨礫突起，盤踞的老樹樹根半露在外。周遭一無動靜。此時，他已到達內島的盡頭，那是一塊多皺紋的素面巨岩，巨岩窄處正對一灣小溪的寬處，僅餘的海浪在那裡有氣無力地拍擊。滾落的巨岩、腐爛的樹幹、盤根錯結的樹根等等集聚之餘，只剩下一條窄水道可供駛船。陷阱，一個黑暗的陷阱就在寂靜的山脈底部，他正在陷阱中。他前方與上方皆無動靜，一切死寂，他無法再前進了。

格得運用法術和臨時替代的槳，小心替船轉個身，避免碰到水底的岩石，或被突出的樹根和樹枝纏住，一直轉到她再度全面朝外為止。就在他預備升風，以便循原路出峽灣時，法術咒語突然凍結在他舌上，他的心與整個人都為之一涼。回頭一看，黑影就在船上，站在他背後！

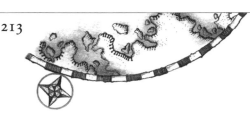

當時要是閃失一刻，他就永遠消失了。幸好他早有準備，伸手一捉，捉住了那個在他手臂可及之處搖晃抖動的東西。在對付那個無生體的節骨眼上，所有巫術都無用武之地，只能靠自己的血肉之軀和生命。格得沒有念咒，只是徒手出擊。船隻因這突如其來的轉身和揮手而猛烈彈跳，一股疼痛由兩臂傳至胸部，使他一時無法呼吸，冰冷的寒意充滿全身，他看不見了，捉拿黑影的兩手裡除了黑暗和空氣，什麼也沒有。

他往前一個踉蹌，連忙抓住船桅穩住自己。但也因這一踉蹌和抓穩船桅，光線重回兩眼，他看見那黑影戰慄著閃避他，同時開始縮小。其後又在他頭頂上方擴大，倏忽籠罩住船帆，接著便如乘風的黑煙無形無狀地退後，先飄到水面上，再朝兩面懸崖間的明亮出入口逃逸。

格得跪倒，那艘以法術補綻的小船再次彈跳，晃到最後才平穩下來，在起伏的海浪中漂動。格得伏在船內，身軀僵麻，思慮空白，只是拚命吸氣。直到冰冷的海水湧到他兩手底下，他才警覺應該照應一下船，因為維繫它的法術正漸漸減弱。他站起來扶住做為船桅的巫杖，重新盡力編織捆縛咒。他又冷又累，雙手雙臂都痠疼不堪，而且體內已經沒有力量了。他真希望能夠在這個海洋與山脈相會休止的黑暗地，睡在不停搖晃的水上。

他弄不清這疲乏是黑影逃逸時施加給他的巫術，或是與它碰觸時的冷冽，或純粹因飢餓、睡眠不足、耗損力量所致。但他掙扎著對付這疲乏，強迫自己為船帆升起微小的法術風，循著黑影剛才逃逸的幽黑水道駛出。

所有恐懼都消失了，所有喜悅也都消失了，從此不再有追逐。現在，他既不是被追的人，也不是追捕者。因為這第三次，他們已經交手並接觸：他左右自己的意志轉身面對它，試圖以活生生的兩手抓住它。雖沒有抓牢，卻反而在彼此間鍛鑄出一種牢不可破的連結和環節。其實，沒有必要去追捕搜尋那東西，它飛逃也徒勞無功。他們雙方都逃不了彼此。終究必須交鋒的時間、地點一到，他們就會相遇。

可是，此時、此地到來之前，無論日夜，不管海陸，格得都不能平靜安心。他現在明白，儘管這番道理很難懂，但他的任務絕不是去抹除他做過的事，而是去完成他起頭的事。

他由深黑懸崖間駛出，海上正是開闊明亮的早晨，和風由北方吹來。

他喝了海豹皮水袋裡剩下的水，繞過西端海岬，進入這小島和西邊鄰島之間的寬闊海峽。他回想心中的東陲海圖，曉得這地方是「手島」，是一對孤單的島嶼，五指狀的山脈向北伸向卡耳格帝國諸島。他航行在兩島之間。下午，暴風雨的黑雲由北方遮掩過來時，他在西島的南岸登陸。他早看到那海灘上方有個小村莊，並有一條溪河曲折入海。他不太在意上了岸會碰上什麼樣的歡迎，只要有水、溫暖的火、可以睡覺，就行了。

村民都是羞怯的鄉下人，看見巫杖就產生敬畏，看見陌生臉孔就謹慎警覺。不過，對一個在暴風雨將至時獨自從海上來的人，倒還不失款待。他們給他很多肉和飲料，還有火光的舒適，用和他同樣講赫語的人類之聲來撫慰他；最後，最棒的就是給他熱水，洗去海洋的寒冷和鹽份；還有一張讓他安睡的床。

【第九章】

易飛墟
Iffish

格得在西手島的小村度過三天，恢復了元氣，也備妥了一艘船。這艘船不是用法術和海上的漂流木建造，而是用堅固的木材牢牢釘成，縫隙處再填上麻絮、澆灌瀝青，還有堅實的桅桿和船帆，這樣他才可以輕鬆御帆，需要睡眠時也可以安睡。這條船與北方和陲區的多數船隻一樣，船身也是鱗狀結構，用厚木板一塊疊一塊釘牢，這樣的強度才足夠航行外海。船的每個部分都很精細牢靠，格得施了幾個深入編織的咒語以強化木板，因為他心想自己可能會乘這條船遠航。船主表示，當初建這艘船時，是打算讓兩到三個男人搭乘，造好以後，船主和他兄弟都曾駕著她歷經外海和惡劣天候的考驗，她也都能英勇度過。

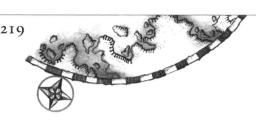

老船主與精明的弓忒島漁民不同，他基於對巫術的敬畏和歎服，居然把這條船送給格得。但格得以術士之道回報他這項贈與，把老船主近乎失明的白內障治好了。老人歡喜地告訴格得說：「我們當初替這條船取的名字是『三趾鷸』，你要不要改叫她『瞻遠』，在船首兩側畫上眼睛，那麼，我的感激就會透過那雙眼睛，為你留意海面下的岩石和暗礁。因為在你讓我重見光明以前，我都忘了這世界有多明亮。」

村子位於手島陡峭的森林下方。格得恢復氣力後，還做了別的工作。這裡的村民簡直就是他童年熟知的面北谷村民，甚至更窮困些。格得與這些村民相處覺得很自在，那是在豪華宮殿裡絕對感受不到的。而且村民的辛酸需要，用不著表示，格得也了解。所以，那幾天，他忙著為瘸腿或染病的孩童施展治療術；為村裡骨瘦如柴的羊群施增產術；替紡錘和織布機設定西姆符；也替村民拿來的槳、銅具和石具等設定符文，讓這些工具都能順利運作；再對村舍屋頂書寫庇耳符，保護房舍和居民免於火災、風災和狂疾。

等他的船「瞻遠」備好，滿載水和乾魚後，他在村裡又多待了一天，教導年輕的誦唱人《莫瑞德行誼》與「黑弗諾之歌」。很少有群島區的船隻老遠來到手島，所以即使是百年歷史的老歌謠，村民也沒聽過，因此他們都巴望著聆聽英雄故事。要不是格得有任務在身，他倒樂於逗留一週或一個月，把他知道的都吟唱給他們聽，好讓新島嶼的居民認識那些雄偉的歌謠。但格得任務未了，所以第二天他便升起了帆，越過陲區的廣大海洋，向南直航——因為黑影正是朝南逃逸。他用不著施展尋查術就知道了，他有十足的把握，就像有條繩子把他和黑影綁在一塊兒，無論兩者之間如何海陸遠隔，都不是問題。所以，對於該去的路途，他從未懷疑，篤定而從容地前往。冬風送他南行。

他在孤絕的海上航行了一日一夜，第二天來到一個小島，島民告訴他當地就叫「肥米墟」。小港口的民眾疑神疑鬼地注視格得，不久，島上的術士就趕來了。那位

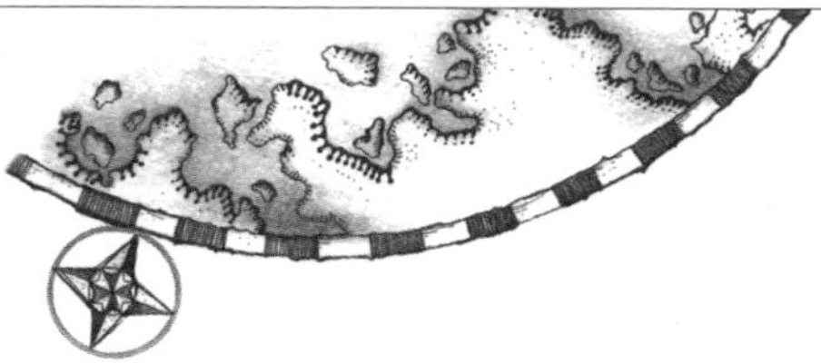

安卓
佩若高
格
麥斯雷斯
弓忒
阿耳河河口
東港
帝
坎渤
弓忒港
司貝維
珥尼尼
國
陵墓
托何溫
阿瓦巴斯
峨團
卡瑞構
托里口
手島
威島
歐查德
撒丁
肥米墟
芬圍
威馬施
米墟港
悅兒
佩麗藍
斯乃哥
外依藍
陲
意斯美
遠托利
東
托殼
易飛墟
狗皮墟
猴圍
扣兒圍
殷司莫
卡圍
塞力特列嶼
阿普索
索德斯
羅洛梅尼
嘎勒
培拉莫
夠斯克
寇內
埃斯托威
開闊海

術士先把格得仔細打量完畢才鞠躬示意，說話的聲音顯得既端架子又巴結：「巫師大人！原諒我的鹵莽，您航程需要什麼食品、飲料、帆布、繩子等等，容我們有此榮幸提供給您。小女此刻正提了一對剛烤好的母雞到您船上。不過在下認為，倘若方便，您儘快啟程繼續航行比較明智，因為這些村民有點驚慌：沒多久前，也就是前天，有村民看見一個人徒步由北而南，橫越我們這個窮鄉僻壤，卻不見他搭什麼船來，也不見他搭什麼船走，而且他好像沒有影子。那些看過他的村民都跟我說，那人的外貌和您有幾分相似。」

聽完這番話，格得鞠躬為禮之後立刻轉身，頭也不回地走到肥米墟的碼頭啟航出海。驚嚇這些島民或與那位術士為敵都沒有好處，他寧可再睡在海上，好好想想那位術士剛才告訴他的消息，因為那消息實在讓他大惑不解。

這天結束了。那一整夜海上細雨飄飛，黎明來時仍是一片灰暗。和緩的北風照舊推送「瞻遠」前行。正午過後，雨霧消散，太陽時隱時現。當天稍晚，格得在他航線的斜對角看見一大塊陸地，陸地上的青色矮丘在若隱若現的冬陽下耀眼生輝。矮丘上星散著幾個小鎮，小鎮石板瓦屋頂上方的煙囪炊煙裊裊，蒼茫大海中看到此景，實在教人欣喜。

格得跟一列捕魚船隊進入港口，在金色的冬暮時分爬上小鎮街道，找到一家叫

「赫瑞蜥」的客棧，客棧的火光、麥酒、烤羊排，溫暖了他的身體和靈魂。客棧的小桌旁有幾位旅人和東陲商人，其餘多為本地鎮民。這些鎮民為了好酒、新聞、閒聊而來到店裡。他們不像手島漁人，手島人是樸拙羞怯的村民野夫，這裡的鎮民則是道地的城鎮人，機敏而沈著。他們當然看得出格得是巫師，卻完全略過不提。只有健談的客棧主人在言談之間提到「意斯美」這小鎮很幸運，與島上其餘幾個小鎮共有一位傑出巫師，那位無價至寶的巫師是在柔克學院受訓的，由大法師親自授與巫杖，目前雖然出了鎮，但他就住在意斯美的老家，所以，這個小鎮不需要別的巫術大師。「常言道，『一個城鎮兩枝巫杖，必定對打以終。』不是嗎，閣下？」客棧主人說著，快活地微笑。格得就是從客棧主人的話裡得知，一個藉巫術討生活的遊走巫師，在這裡不受歡迎。就這樣，他在肥米墟遭到一次不客氣的驅趕，在意斯美這裡則受到委婉的拒絕；他不由得納悶以前耳聞東陲人的種種善行。這島是易飛墟島，他朋友費蕖的出生地，但此地似乎不像費蕖說的那麼好客。

不過，這裡的這些面孔其實已經夠友善了；只是，格得清楚知道的真象，這些島民也感受到了：他與這些人相隔相離，背負著命定的劫數，追隨一個黑暗的東西。他宛如一股冷風，拂過燈火照明的房間，也彷彿一隻黑鳥，隨著暴風雨從異地漂流至此。所以，他愈早帶著乖舛的命運離開，對這些鎮民就愈好。

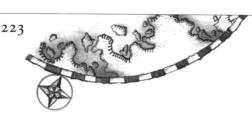

格得對客棧主人說：「我有個追尋任務在身，所以只會在這裡待一兩晚。」他的語調蒼涼。客棧主人瞥了一眼角落的紫杉大手杖，一時沒表示什麼，只在格得杯裡注滿褐色麥汁，直到流溢出來。

格得明白，他應該在意斯美待一晚就好。這裡不歡迎他，別處也是；他必須前往他註定該去的地方，但他厭倦寒冷空虛的大海與無人對談的寂靜。他告訴自己，在意斯美只逗留一天，天明即走。

他很晚才睡，醒來時正飄著細雪。他閒步穿越鎮上小徑，觀看鎮民忙著自己的事。他看見孩童裹著毛製披肩，在雪堡旁堆著雪人玩。他聽見對街人家開著門閒話家常，看見銅匠作工，一個小孩紅著臉，在熔爐邊猛力替鼓風爐套筒灌氣。白天短，天色暗得快，街上人家的窗戶已透出黃紅色微弱燈光，他看到屋內的婦人在織布機邊忙著，有時轉頭對孩子和丈夫微笑或講話。格得從外面獨自遠觀這一切景象，內心十分沈重，只是他不肯承認自己在悲傷。夜幕低垂時，他還在街上閒逛，不願回客棧。這時，他聽見一男一女從上坡街道走下來，經過他身邊時開心地交談，並朝鎮上廣場走去。格得連忙轉身，因為他認得那男子的聲音。

他由後面追趕這對男女，走到兩人旁邊時，朦朧的夜色中只有遠處的燈籠微微照亮著。女孩後退一步，男子注視著他，舉起隨身攜帶的木杖橫在兩人之間，防備威脅或抵擋惡行。這動作幾乎使格得無法忍受，他略微顫抖地說：「費蕖，我以為你會認得我。」

即使聽了這話之後，費蕖仍然遲疑了片刻。

「我當然認得你，」他說著，放下手杖，拉住格得的手，並展臂擁抱格得。「我當然認得你！歡迎你，我的朋友，歡迎！我真是失禮，把你當成背後冒出來的幽魂似的。其實我一直在等你來，也在找你……」

「這麼說，你就是他們吹噓的意斯美巫師嘍？我還在想……。」

「噢，對啊，我是他們的巫師。不過，我來告訴你為什麼剛才我不認得你。也許是因為我太盼望你的緣故。三天前……三天前你就在易飛墟了嗎？」

「我昨天來的。」

「三天前，我在山上一個叫括爾村的街道上看到你。也就是說，我看到你的表象，一個假扮你的人，或者可能只是長得像你的人。他走在我前面，正要出城。我看見他時，他連忙急轉彎。我叫他，他沒回答。我趕到轉彎處，結果人卻不見了，連個足跡也沒有，但當時地面是結冰的，這實在是怪事。剛才又看你從陰影中冒出來，我以為我又被騙了。對不起，格得。」他小聲叫格得的真名，站在他後面不遠處等他的女孩才不會聽見。

格得也小聲叫他朋友的真名，說：「沒關係，艾司特洛。但這次真的是我，我好高興見到你……」

費蕖可能也聽出格得的聲音不只有高興而已，他還沒放開格得的肩膀，便用真言說：「格得，你從苦難和黑暗中來，但我真歡喜你的到來。」說完，他改用帶著陲區口音的赫語說：「來吧，跟我們一起回家，我們正要回家呢。天黑了，也該回家了！這是我妹妹，我們家最小的孩子，你也看得出來，她比我好看多了，但論聰明可就遜色嘍。她名叫雅柔。雅柔，這是雀鷹，我們學院中最出色的一位，也是我的朋友。」

「巫師大人。」女孩歡迎他，除了端莊地行躬身禮之外，還同東陲婦女一樣，用兩手遮住雙眼，表示尊敬。女孩不遮眼時，眼睛明亮、羞怯而好奇。她大約十四歲，與哥哥一樣膚色深，但十分輕巧苗條；她的衣袖上還攀附了一隻有翼有爪的小龍，大小比她的手還短。

三人一同走下昏暗的街道，格得一旁談道：「在弓忒島，大家都說弓忒婦女生性勇敢，但我還沒見過哪個少女會戴著龍當手鐲。」

雅柔一聽笑了起來，率直回答說：「這只是一隻赫瑞蜥。你們弓忒島沒有赫瑞蜥嗎？」說完，覺得不好意思，又用手遮了一下眼睛。

「沒有。我們也沒有龍。這動物不是龍嗎？」

「算是小型的龍，住在橡樹上，吃黃蜂、小蟲、麻雀蛋，大小就像現在這樣，不會再長大了。對了，先生，我哥哥常對我提起你馴養的寵物，野生的甌塔客——你還養著嗎？」

「沒有，沒得養了。」

費蕖轉頭看格得，彷彿帶著疑問，但他忍住沒問，直到只剩他們朋友兩人單獨坐在費蕖家的石造火坑旁時，才又問起。

費蕖雖然是易飛墟全島的首席巫師，卻定居在他出生的小鎮意斯美，與小弟、妹妹同住。他父親生前是頗富資產的海上貿易商，所以住家寬闊，屋椽堅固，屋內幾個凹架和櫃子中擺設不少樸素的陶器、細緻織品、青銅器和黃銅器。主廳的一角擱著一座高大的道恩豎琴，另一角擺放了雅柔的掛氈織機，高高的織機骨架鑲嵌象牙。儘管費蕖樸實沈靜，卻是頗有權威的巫師，也是一家之主。跟著這房子順順利利過日子的是兩個老僕人、一個活潑的弟弟、還有雅柔。如小魚般敏捷安靜的雅柔為這兩個老友送餐上菜，並與他們一同進食，聽他們談話，飯畢才溜回自己的房間。這個家裡，一切秩序井然、安寧穩足，格得坐在火坑邊環顧全室，說道：「人就應該這樣過活。」一說完歎了口氣。

「嗯，這是一種不錯的方式。」費蕖說：「不過還有別的方式。好了，兄弟，可以的話，告訴我，自從我們兩年前話別後，你經歷了些什麼，也告訴我你這次旅行的目的，因為我看得出來，你不會在我們這裡待很久。」

格得一五一十告訴費蕖，講完後，費蕖坐著沈思良久，才說：「格得，我跟你一起去。」

「不成。」

「我願意跟你去。」

「不成，艾司特洛，這既不是你的任務，也不是你引起的災禍，我自己走入這條歧途，我就要自己走完。我不希望任何人因此受苦，尤其是你，艾司特洛。因為當年，打一開始你就攔著不讓我碰觸這種惡行……」

「以前，驕傲就是你頭腦的主宰，」他朋友微笑說著，宛如正談著一件對彼此都微不足道的事。「可是現在你想想看：這是你的追尋之旅沒錯，但如果追尋失敗，難道就沒有別人能向群島居民提出警告了嗎？因為那黑影到時候必定會成為一股令人害怕的力量。還有，如果你擊敗那東西，難道也沒有別人可以在群島區把這故事說出來，讓大家都知道這種行誼，並加以歌頌嗎？我曉得我幫不上你什麼忙，但我還是認為我應該跟你去。」

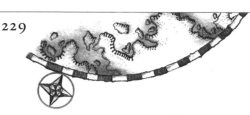

格得無法拒絕朋友的真誠，但仍說：「我今天不應該待在這裡。我明明曉得，卻還是留下了。」

「兄弟，巫師不會不期而遇，」費蕖說：「畢竟，你剛才也說了，你的旅程一開始，我就跟你並肩參與了，所以，由我來跟隨你到盡頭也對。」費蕖在火中加了一塊新木，兩人坐著凝視了火焰一會兒。

「自從柔克圓丘那一晚之後，我就沒聽誰談起一個人的消息了，我也無心向學院打聽——我是指賈似珀。」

「他一直沒有獲得巫杖。同年夏天，他離開柔克學院，到偶島的偶托克尼鎮擔任島主的御用術士。後來的情況我就不清楚了。」

兩人又陷入沈默。他們凝望火光，享受雙腿和臉頰上的溫暖（特別是在這個嚴寒的夜晚），他們坐在火坑的寬頂蓋上，兩腳幾乎放在炭火中。

格得終於低聲發話：「艾司特洛，我擔心一件事。如果我走的時候，你跟我走，我會更擔心。在手島，就在海峽的盡頭，我轉身見到那黑影就在我伸手可及的距離，我伸手去抓，想辦法要抓到，但是我什麼都抓不住。我沒辦法打敗它。它逃，我追。這情況可能會一而再，再而三地發生，我實在沒有凌駕它的力量。恐怕，追尋到末了，沒有死亡也沒有勝利；無可歌頌；了無完結。我可能還必須終生跨海越洋，跋山涉水，投入一個沒有結局的徒勞冒險，一個追尋黑影的歷程。」

「胡說！」費蕖邊說著邊揮動左手，那是把提到的霉運撥走的手勢。腦子布滿陰暗想法的格得看了不由得露齒一笑，因為那只是小孩子避邪的動作，而非巫師的法術。費蕖一向如村民般天真，但他也聰敏機靈，常能直指核心。現在他就說了：「那種陰暗的想法，我相信是不正確的。我反而猜想，我見到了開頭，就可能看到結局。你一定有辦法認識它的天性、存在、本質，而後據以掌握、捆綁、消滅；不過『它的本質』是個難題……但我擔心的是另外一點：我不了解它。就他們在肥米墟、以及我在易飛墟看到的，那個黑影現在好像是借你的外形走動——或至少是個酷似你的外形。但不知它究竟是怎麼辦到、為什麼會這樣做、何以它在群島區就絕對不會這樣？」

「人家說『規則逢隨陲區即變』。」

「噯，這句俗話倒一點兒也不假。我在柔克學院所學的一些正統法術，在這裡，有些不是無效，就是會扭曲；也有些本地的法術，我不曾在柔克學院學到。每塊陸地都有它自己的力量，比較高超的力量由內陸發動，比較普通的力量就得去猜測它有哪些統轄的力量。不過，我認為黑影的變形不僅僅是這個緣故。」

「我同意。我想，當我決定不再閃躲、反身過來面對它時，必定是我轉身對付它的意志給了它外形和體態，儘管也正是這個舉動讓它沒辦法取走我力量。我所有的行動都在它裡面產生回響，它是我的產物。」

「它在甌司可島叫你的名字，就這樣凍結你的巫術，讓你不能用巫術對抗它。那它在手島為什麼不如法炮製？」

「我也不曉得為什麼。可能只有從我的虛弱裡，它才能吸取力氣說話。它幾乎是用我的舌頭說話：不然，它怎麼知道我的名字？它怎麼知道我的名字？自從離開弓忒島，航行這些海洋時，我就一直絞盡腦汁思考這問題，卻想不出所以然。或許，在它自身的形狀或無形之下，它根本無法開口說話，只能像尸偶一樣借舌說話吧。我不曉得。」

「那你得留神它再用尸偶的外形來和你碰頭。」

「我想，」格得彷彿感覺寒意襲心，兩手伸向紅炭火，答道：「我想不會再發生那種情況了。現在，它受我限制，就像我受它限制一樣。它沒辦法擺脫我，自行去捕捉別人，再像對史基渥一樣，把那人的意志和存在都掏空。但是如果我又軟弱下來，企圖逃避，就會打破我們互相牽制的關係，它就會占有我了。問題是，上回我用盡力氣去抓它，它卻化為煙霧，從我手邊逃開……所以它會如法炮製，只不過，它沒辦法真的逃走，因為我一定可以找到它。我現在已經被這卑劣殘酷的東西困縛住了，永遠困住了——除非我能得知那個駕御它的字：它的名字。」

他朋友沈思問道：「黑暗界的東西有名字嗎？」

「耿瑟大法師說沒有，我師傅歐吉安說有。」

「『法師的爭論永無止境。』」費蕖引用這句話時，露出些許嚴峻的微笑。

「在甌司可島服效太古力的女士發誓，那塊太古石會告訴我黑影的名字，我不太相信她的話。有一條龍也提議要告訴我黑影的名字，用來交換牠自己的名字，以便擺脫我。我想過，龍族可能有智慧，雖然這一點法師也各執一辭。」

「龍有智慧，但不懷好意。不過，這是什麼龍？你還沒告訴我，自從上次別後，你曾經跟龍談過話的事。」

那天，他們聊得很晚，但總會回到同一件苦惱的事：格得的前方究竟是什麼。儘管這樣，相聚的歡喜仍凌駕一切；因為他們之間的友誼堅定不移，不會受時間或機運動搖。次日，格得在朋友家的屋頂下醒來，睡意未消之時，他感到幸福，有如身在一個完全摒除邪惡與傷害的地方。那一整天，這些許夢幻般的寧謐附著在他思想裡，他不把它當成好兆頭，而是當成禮物收下。他彷彿認為，離開這房子便是離開他最後的避難所；那麼，只要這短暫的夢境持續，他在夢境中就會幸福。

離開易飛墟之前，費蕖還有要事待辦，便偕同他的少年術士學徒前往島上另一個村莊。格得與雅柔、雅柔的哥哥慕兒，一同留在家中。慕兒的年齡介於雅柔與費蘽之間，但模樣好像比孩子大不了多少。他沒有法師的天賦和磨難，至今不曾去過易飛墟、托殼、猴圃以外的地方，生活過得無憂無慮。格得以驚奇和些許的嫉妒看著慕兒——慕兒也是這麼看格得。他們在彼此眼中，似乎都是非常奇怪的人，如此不同，卻又與自己同齡，都是十九歲。令格得訝異的是，一個活了十九歲的人怎麼可能那麼一無掛慮。慕兒那張俊秀快活的面孔讓格得羨慕之餘，也讓他感到自己實在清瘦嚴厲，但他猜也猜不到，慕兒連格得臉上的疤痕都嫉妒呢。不但這樣，他甚且認為那傷疤是龍爪的抓痕，是如假包換的符文，也是英雄的記號。

　　這兩個年輕人互相感到有些羞怯。但雅柔很快就掃除對格得的敬畏了，因為她在自己家裡，又是女主人。格得對雅柔和顏悅色，雅柔便接連問他許多問題，因為她說費蘽什麼事也不告訴她。那兩天內，她還忙於製作麥餅，好讓兩個要出門的人帶著。她還打包魚乾、肉乾與種種食糧放在船上，一直到格得喊停為止，因為他沒打算一路直航到偕勒多。

「偕勒多在哪裡？」

「在西陲區很遠的地方。在那裡，龍和老鼠一樣平常。」

「那最好是留在東陲嘍，我們的龍與老鼠一樣小。吶，這些是讓你帶去的肉，你確定這樣夠嗎？有件事我不明白：你和我哥哥都是高強的巫師，你們揮揮手、唸唸咒，事情就成了。既然如此，怎麼會肚子餓呢？到了海上，用餐時間一到，為什麼不喊：『肉餅！』肉餅就出現了，你就吃肉餅呢？」

「唔，我們也可以這樣，但就像人家說的，我們都不太願意食自己的言。『肉餅！』畢竟只是咒語……我們可以讓肉餅芬芳美味，甚至飽實，但那依舊只是咒語，會欺騙肚子，無法給予飢餓的人力氣。」

「這麼說來，巫師都不是廚子嘍。」慕兒說道，他正坐在格得對面的爐灶邊雕刻一個良木蓋子。他是一名木工，只不過不太熱絡。

「廚子也不是巫師哪。」雅柔正跪著查看爐灶磚上的最後一批餅乾是否變成褐色。「可是，雀鷹，我還是不懂。我看過我哥哥，甚至他學徒，他們只唸了一個字詞，就可以在黑暗的地方製造光亮，而且那閃耀的光滿亮的，依我看，那不是字，而是用來照路的光啊。」

「噯，」格得回答：「光就是一種力量，是我們賴以生存的巨大力量，不靠我們的需要而獨立存在。日光與星光就是時間，時間就是光。生命就在日光和歲月中。在黑暗的地方，生命或許會呼喚光明，呼叫它的名字。但是，通常你看巫師喊名呼喚某樣東西，某樣物體就會出現的情況，與呼喚光是不一樣的。因為他不是呼喚大於自己力量的東西，而且出現的東西也只是幻象。召喚一個根本不存在的東西、藉由講出真名來呼喚它，那是高超的巫術，不可以隨意使用。不能只因為飢餓就使用。雅柔，妳那隻小龍偷了一塊餅。」

雅柔很用心聽，在格得說話時只顧注視著他，所以沒看見赫瑞蜥從原本棲息的溫暖壺嘴上迅速爬經爐子，抓了一塊比牠自己還大的麥餅。雅柔把這隻長滿鱗片的小動物抓下來放在膝上，剝餅乾碎片餵牠，一邊沈思格得剛才告訴她的話。

「這樣說來，你們不會去召喚真正的肉餅，以免擾亂了我哥哥常提到的——我忘了那個名稱……」

「『一體至衡』。」因為雅柔非常認真，所以格得謹慎地回答。

「對。不過，你的船觸礁時，你駕駛離開那地方的船，大部分是咒語構成的，卻不滲水，那是幻象嗎？」

「嗯，一部分是幻象。當時，我看到海水從船上那些大洞流到船裡，覺得很不安，所以是基於船的外貌而進行修補。但船隻的力量不是幻象，也不是召喚術，而是另一種技藝，叫做捆縛咒。木板於是連繫成為一個整體，一個完整的東西，一條船。船不就是不滲水的東西嗎？」

「但我曾經替滲水的船汲過水。」慕兒說。

「哦，我的船也會滲水，除非我時時留意咒語。」格得由角落座位彎下腰，從爐磚拿了一塊餅，放在手中把玩起來。「我也偷了一塊餅。」

「那你就燒到手指了。等你在遠離島嶼的蒼茫大海肚子餓的時候，就會想起這塊餅乾，說：啊，要是我沒偷那塊餅乾，現在就可以吃了，唉！我就吃我哥哥的份好了，這樣他才能跟你一同挨餓……」

「這樣，『一體均衡』就保持住了。」格得說道，當時雅柔拿了一塊熱乎乎的半熟餅乾啃著，一聽到這句話，讓她咯咯笑地噎著了。但不久她又顯出嚴肅的表情，說：「真希望我能夠透徹了解你告訴我的道理，我太笨了。」

「小妹妹，」格得說：「是我沒有解說的技巧，要是我們有多一點的時間……」

「我們會有比較多的時間的，」雅柔說：「等我哥哥回來，你也跟他一起回來，至少待一陣子，好嗎？」

「可以就好了。」他溫和地回答。

沈默了半餉，雅柔看著赫瑞蜥爬回棲所，問道：「如果這不是什麼祕密的話，再告訴我這件事就好：除了光以外，還有別的什麼巨大的力量嗎？」

「那倒不是什麼祕密。我認為，所有力量的起源與終結都同一。歲月與距離，星辰與燭光，水與風與巫術，人類的手藝與樹根的智慧，這些都是一同產生的。我的名字、妳的名字、太陽的真名、或是泉水、尚未出世的孩子，全都是一個源遠流長的字詞裡的音節，藉著閃爍的星光，十分緩慢地講出來。沒有其他力量，也沒有其他名字。」

慕兒握著雕木刀，問道：「那死亡呢？」

女孩聽著，烏亮的頭垂了下去。

「要講一個字以前，」格得慢慢回答：「必須有寂靜。講之前和之後都要有寂靜。」說完，他突然站起來，邊說道：「我實在沒有權利談這些事。原本要讓我講的字，我偏偏講錯。所以，我最好保持安靜，以後不會再說了。或許，只有黑暗才是真正的力量。」他離開爐邊及溫暖的廚房，取了斗篷，獨自外出，踏進飄著冬日細雨的街道。

「他受了詛咒。」慕兒說著，頗具畏懼地目送格得離開。

「我猜想，這趟航行引導他走向死亡，」女孩說：「他雖然害怕，卻還是繼續走下去。」她抬頭，彷彿在爐火的紅色火焰中望見一條船，孤獨地在冬天橫越大海，駛入空茫的水域。說完，她雙眼盈滿淚水，但未發一語。

費蕖次日返家。他已向意斯美的權貴告假完畢，那些權貴當然百般不願讓他在隆冬冒著生命危險，出海進行一趟無關乎己的追尋。但他們雖然可以責備費蕖，卻絲毫無法攔阻他。由於聽累了老人家的嘮叨，費蕖於是說：「論身分、習慣、以及我對你們負的責任而言，我都是諸位的巫師。不過，各位正好藉此回想一下：我雖然是僕人，卻不是諸位的僕人。等我完事得以回來時，我自當回來。就此告別了。」

黎明的灰光在東邊的海面上泛出光芒時，兩名年輕人在「瞻遠」上由意斯美港口出發，迎著北風，升起一張棕褐強韌的船帆。雅柔站在碼頭相送：與所有站在地海岸邊目送男子出海的妻子姊妹一樣，沒有揮手，也沒有高喊，只是戴著灰色或褐色斗篷的帽兜，靜靜站著。從船上看過去，海岸越來越小，船與海岸之間的海水卻越來越寬。

【第十章】

開闊海

The Open Sea

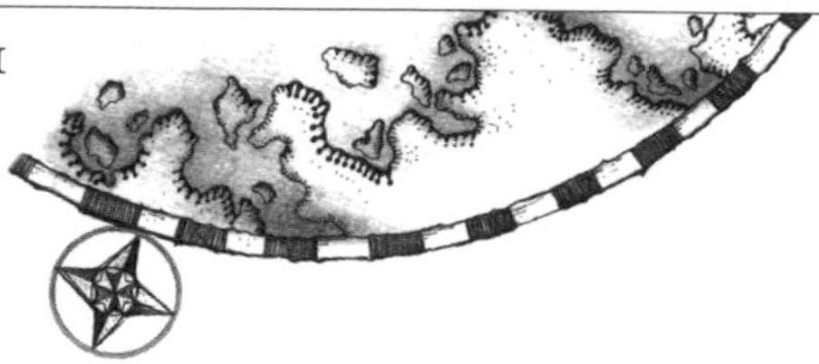

此時港口已沒入視線之外，描摹在「瞻遠」上的雙眼被海浪沖得濕透，定睛注視著愈趨寬闊蒼涼的海洋。兩天兩夜後，這兩位夥伴已由易飛墟島渡海至索德斯島，百哩的航程盡是惡劣的天氣與逆向的海風。他們在索德斯島的港口稍作停留，只把皮水袋裝滿水，添購一張塗抹焦油的船帆，遮蓋保護帆具，以免在這艘沒有甲板的船上受海水和雨水侵蝕。他們沒有及早備妥，是因為一般而言，巫師會藉咒語照料諸如此類的生活小節，那也是最常見、最起碼的咒語。的確，只要稍微費點魔法，就能把海水變淡，省去攜帶淡水的麻煩了。但是，格得好像極不願意運用法術、也不願意讓費蕖運用法術，他說：「能不用最好。」他朋友沒有多問，也沒有爭論，因為海風開始注滿船帆時，兩人都感覺到一股寒如冬風的沈重壓力。泊口、海港、寧靜、安全，這些都拋在身後，他們已經轉身前往另一條路途，每件事情都危險重重，每項行動均具有意義。他們啟航前進的這條水路上，即使唸持最基本的咒語，都可能改變機運，牽動力量和運數的均衡：因為他們正朝向「均衡」的正中心，前往光明與黑暗的交會處。在這種負擔下旅行的人，不會隨意唸咒。

由索德斯島再度出航，繞行島嶼沿岸，白皚的曠野沒入霧嵐層疊的山陵。格得又把船轉為向南，至此，他們已經進入群島區的大商賈不曾到過的水域，也就是陲區的極外緣。

費藻沒有詢問航線，他知道格得沒有選擇航線，而是往必要的方向而去。索德斯島在他們後面逐漸縮小黯淡，海浪在船首底下窸窣拍動，船隻四周盡是海水，碧波萬頃，水天相連。格得問：「這航路前方有什麼島嶼？」

「索德斯島的正南方沒有其餘陸地。往東南方遠航的話，還可以碰到零星的小島：培拉莫、寇內、夠斯克，以及別稱『末境』的埃斯托威。再往下走，就是開闊海。」

「西南方呢？」

「羅洛梅尼島，那也是我們東陲的島嶼之一。附近有些小島，再過去一直要到南陲才有一些島嶼：路得、突姆，以及沒有人會去的耳島。」

「我們可能會去。」格得蹙眉道。

「但願不要，」費藻說：「大家都說那地方惹人厭惡，島上全都是骨骸和怪物。水手都傳說，在耳島與遠叟島旁邊的海上，還可以看見一些別處看不到的星星，而且都尚未命名。」

「噯，當年帶我到柔克島的那艘船上，有一個水手就提過這件事。他還講到遙遠的南陲有一種『浮筏人』，一年只到陸地上一次，去砍伐大圓木，修建乘筏，其餘的日子，他們就在隨著海洋的浪潮漂流，完全看不見陸地。我倒想看看那些浮筏

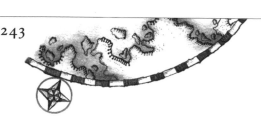

人的群落。」

「我可不想，」費蕖笑道：「我只要陸地和陸地人：讓海睡在它的床上，我睡在我的床上。」

「我希望我能看遍群島區所有的城市，」格得手執帆繩，眼觀蒼茫大海，一邊說道：「像世界的中心黑弗諾島、神話出生地伊亞島、威島的噴泉之城虛里絲，所有的城市和大島嶼，外緣陲區小島的奇異小城，我也想看看。我還想航行到最西邊的龍居諸嶼，或是北航進入浮冰區，直抵厚堅島。有人說，單單一個厚堅島就比群島區全部的島加起來還大；不過也有人說，那裡只是暗礁、岩石和浮冰交雜相陳的地方。誰也不知道。我倒很想看看北方大海裡的鯨魚……可是我不能去。我得去我該去的地方，背離所有明亮的海岸。以前我太心急，現在才會沒有多餘的時間。我把心中盼望的陽光、城市、遙遠的異域，都拿去換一丁點力量、一個黑影、還有黑暗了。」於是，格得如天生的法師般，把他的恐懼和憾恨編成一首詩歌，那首簡短的哀歌，半誦半唱，不僅是為自己而編，連他的朋友也從《厄瑞亞拜行誼》中摘取字句，做為回應：「噢，願吾重見明亮爐火、黑弗諾白塔……」

他們就這樣沿著狹窄的航道，穿越廣袤無人的大海。當天所見，大多是一群群向南游的銀魚，沒有半條海豚跳躍，也沒有海鷗、大型海雀或燕鷗飛翔劃破灰沉沉的天空。東方轉暗、西方漸紅時，費蕖拿出食物平分，並說：「這是最後的麥酒了。我要敬那位想到在寒冷的冬天裡，為兩個口渴的男人把酒桶放上船的人：我妹妹雅柔。」

格得一聽，馬上撇下陰鬱的思緒及凝望大海的目光，也誠摯地舉酒向雅柔致敬，或許還比費蕖更為誠摯。一想到雅柔，格得的腦海便感受到她那帶著聰穎與童稚氣息的甜美。她與他認識的人都不同。（格得認識什麼少女嗎？但是他完全沒想過這一點。）「她就像一尾小魚，一尾小鯉魚，在清澈的溪河中游著，」格得說：「看似一無防衛，但誰也無法捉住她。」

費蕖聽了，微笑著注視格得，「你真是天生的法師，」他說：「她的真名就叫『可絲』。」「可絲」在真言裡的意思就是「鯉魚」，格得也知道，所以這件事讓他喜上心頭。但過了一會兒，格得低聲說道：「或許你不應該把她的真名告訴我。」

費蕖倒不是輕率出口的，所以他回答說：「把她的名字告訴你，就像把我的名字告訴你一樣安全。再說，我還沒講出來，你就已經知道了……」

西邊由紅轉淺灰，再由灰暗轉黑，海天已經一片漆黑。格得伸展身體，用羊毛和毛斗篷裹著在船底睡覺。費蕖手執帆繩，輕聲唱著《英拉德行誼》中的句子。那首詩歌講述那位世稱「白法師」的莫瑞德如何駕駛無槳長船航抵索利亞島，在春天的櫻桃園邂逅葉芙阮的事蹟。故事還沒講到悲慘結局時，格得就睡著了。後來講的是兩人的愛情、莫瑞德的死、英拉德毀滅、巨大嚴酷的海浪淹沒索利亞島的櫻桃園。將近午夜，格得醒來看守，換費蕖睡覺。小船在洶湧的大海上疾駛，避開吹入船帆的強風，逕自航越夜晚。但烏雲滿布的天空已漸開朗，還未到黎明，一輪淡月就已在暗褐色的雲層間散發著微弱的光。

「月亮在漸蝕。」費蕖在黎明醒來時喃喃說道；不一會兒，冷風就停了。格得仰望著那白色的半圓，在光線逐漸微弱的東邊水面上方，卻沒說什麼。冬至後第一次朔月叫做「休月」，與夏季月夜節和長舞節是相反的兩極。休月對旅人和病人都不吉利；小孩也不會在這一天授與真名；這一天不唱誦英雄行誼、不動刀劍、不磨鋒口、也不立誓。這是一年的暗軸日，諸事不宜。

駛離索德斯島三天後，他們跟著海鳥及海上漂流物，一路來到了培拉莫島。培拉莫是個高高隆起於灰茫高浪中的小島，島上居民講赫語，但有他們自己獨特的方式，連費蕖聽起來都感覺奇怪。兩個年輕人從培拉莫上岸找淡水，並脫離海洋稍事休息。起初，他們受到良好的款待，當中含有驚奇與騷亂。這島嶼的首要城鎮曾經有個術士，但是他發瘋了，只會說有條大蛇正在吃培拉莫島的地基，因此島嶼不久就會與各個泊口截斷，像船一樣漂洋，漂流到世界邊緣。剛開始，這位術士殷勤接待兩個年輕巫師，可是談到那條大蛇時，他就漸漸懷疑地斜眼看著格得；後來甚至當街奚落他和費藁，指稱他們是間諜，是海蛇的僕人。之後，島民也開始冷眼惡語相向，畢竟術士雖已發瘋，卻終究是他們的術士。所以，格得與費藁沒有久留，天黑以前就動身離開，一路向南方與東方行駛。

航程中，不論日夜，格得都沒有談起黑影，也沒有直接提到這趟追尋之旅。至於費藁所提的問題，最接近的也只是（在他們行駛的航線愈來愈遠離熟悉的地海諸島時所問的）：「你確定嗎？」對這問題，格得只回答：「鐵能確定磁石在哪裡嗎？」費藁點點頭，兩人繼續前航，誰也沒有多說。不過，他們偶爾倒是會談起古代法師用過的技巧和策略，因而找出有害力量與存在的隱藏名字：帕恩島的倪芮格如何偷聽龍的閒談，而得知黑法師的名字；莫瑞德又是如何在英拉德島的戰場上，看到敵人的名字被雨滴寫在灰塵中。他們也談到尋查咒、召靈術、還有那些只有柔克學院的形意師傅才能問的「適當問題」。但格得常在最後低聲呢喃：「要聆聽，必先靜默……」這是歐吉安在很久以前的一年秋天，在弓忒山上告訴他的話。格得講完後便陷入沈默和沈思，一個鐘頭接著一個鐘頭凝望航線前方的大海。有時候，費藁彷彿覺得他朋友已經跨越未來的海浪、哩程和灰暗的日子，見到了他們追尋的東西，也見到了這趟旅程的黑暗盡頭。

他們在惡劣的天候中航經寇內島與夠斯克島之間，雨霧交加中，他們看不見這兩座小島，第二天才曉得他們已經通過那兩座島了，因為他們看見前方的小島上有峭壁，一大群海鷗在上方盤旋飛翔，嗷叫聲從遠方的海上就可以聽見。費蕖說：「依外形來看，那一定是埃斯托威島，『末境』。在地圖上，這座島的東邊和南邊都空無一物。」

「但住在島上的人或許知道更遠的陸地。」格得回答。

格得的口氣帶著不安，費蕖乃問道：「你為什麼這麼說？」格得對這個問題的回答仍然猶疑怪異。「不在那裡，」他凝視前方的埃斯托威，把那座島看穿，看透。「不在那裡。不在海上。不在海上，在陸上。哪一塊陸上？在開闊海的源泉之前，超越起源，在日光大門之後……」

說完，格得陷入沈默。等他再度開口時，聲音才恢復正常，宛如剛擺脫某個咒語或視象，而且已經記不清楚了。

埃斯托威的港口位在島嶼北岸的一處河口，兩邊是嶙峋的高岩。鎮上的房舍一律面向北方與西方，好像表示這個島嶼雖然地處偏遠，但面孔永遠轉向地海，朝向人類。

在沒有船隻敢在附近海面活動的季節，有陌生人抵達埃斯托威，自然引起了騷動和驚慌。婦女全待在用枝條搭建的小屋裡窺看著門外動靜；小孩藏在婦女的裙子背後。兩名陌生人由海岸上來時，婦女都害怕得退到小屋的陰暗處。衣衫襤褸，勉強抵擋寒冷的男人，嚴整地把費藻與格得團團圍住，每個人手裡都握著石製短斧或貝製短刀。可是，一旦恐懼消退之後，他們便熱烈歡迎這兩位陌生人，並且問個不停。很少有船隻來到他們島上，連索德斯島和羅洛梅尼島的船隻也很少來。他們沒有東西可以交易青銅或上等器皿，甚至連木材也沒有。他們的船隻是用蘆葦編成的輕便小舟，要是能夠搭乘這種小舟到夠斯克或寇內島，就是勇敢的水手了。他們就在此處孤伶伶地世居在各種地圖的邊緣上。他們沒有女巫也沒有術士，而且好像沒認出象徵這兩位年輕巫師身分的手杖，他們欣羨那兩枝巫杖，僅因為是以木頭這種珍貴的材質製成。他們的首長或島主非常年老，是全島唯一見過群島區出生的人。因此，格得對他們而言是個奇景，那些男人回家把兒子帶來瞧瞧這個群島人，好讓他們年老時仍記得他。他們不曾聽說弓忒島，只聽過黑弗諾與伊亞，還錯把格得當做黑弗諾的領主。但格得盡力回答連自己也沒見過的白色之城的問題。但是到了傍晚，他開始浮躁不安，等到大家擁擠地在宿處的火坑四周圍坐，用僅有的燃料羊糞和草捆燃燒而產生的熏臭溫暖中，他才終於問村民：「你們島嶼的東邊是什麼？」

大家都沈默，有的人咧嘴而笑，有的人神情凝重。

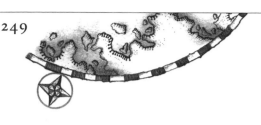

老島主回答：「海洋。」

「再過去沒有陸地？」

「這裡是『末境』，再過去沒有其他陸地，只有海水一直延伸到世界的盡頭。」

「爸，這兩位是智者，」一名較年輕的男人說：「他們是水手、航行家，說不定他們知道我們不知道的陸地。」

「這塊陸地的東邊沒有陸地，」老人說道，他久久注視著格得，也沒有對他多說。

兩個夥伴當天晚上睡在煙熏而暖和的宿處。天還未亮，格得就搖醒朋友，低聲說道：「艾司特洛，起來了。我們不能待下來，得走了。」

「幹嘛這麼快走？」費蕖睡意濃濃地問。

「不快，已經晚了。我跟得太慢，它已經找到逃避我的路，而且要藉此致我於死。絕不能讓它逃走。不管多遠，我都一定要跟著它。要是我跟丟了，我也會迷失的。」

「我們到哪裡去跟？」

「向東，快。我已經裝滿水袋了。」

兩人離開宿處時，村民都還沒醒來，只有一個嬰孩在某間小屋的黑暗中哭了一會兒，之後又歸復沈寂。兩人就著暗淡的星光，尋路往下到溪口，把牢繫在岩石堆中的「瞻遠」解開，推進漆黑的水中。於是，他們就在休月的第一天日升之前，由埃斯托威島啟程東行，進入開闊海。

當天天空晴朗無雲。冷冽的自然風一陣陣由東北方吹來，但格得早已升起法術風，自從離開手島以後，這是他第一次運用法術。他們朝東方疾駛。陽光照耀海浪，船隻飛奔造成潑霧巨浪，他們可以感覺船隻與拍打的大浪一同哆嗦。但這條船不負建造者的承諾，勇猛前行，而且與柔克島任何一艘用法術編構的船隻一樣，能誠實不欺地回應法術風。

那天早上，格得完全沒有說話，只有持咒更新法術風，保持船帆的力道。費蕖則在船尾補眠，雖然睡得不安穩。中午，他們吃東西。格得頗為節省地分配食物，此舉含意明顯，兩人嚼著鹹魚和小麥餅，誰也沒說什麼。

整個下午，他們向東破浪前進，完全沒有轉向或減慢速度。有一次，格得打破沈默，說道：「有些人認為外緣陲區以外的世界全是沒有陸地的大海。但有些人卻想像，在世界的另一面還有別的群島區，或其他尚未發現的廣大土地。你贊同哪一方？」

「在這個時候，」費蕖說：「我贊同世界只有一面；要是航行過遠，那人就會

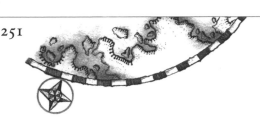

跌出邊緣。」

格得沒有笑，他已經完全失去歡欣了。「誰曉得在那裡會碰到什麼？不會是我們這種一直守著自己的海岸和灘頭的人。」

「曾有人想要尋找答案，卻還沒有回來。也沒有船來自於我們不知道的陸地。」

格得沒有回答。

整天整夜，強大的法術風都載送他們凌越大浪，向東前進。格得由日暮一直看守到黎明，因為夜間，那股牽引或驅迫他的力量增強了。他一直觀看前方，雖然在無月的夜晚，他的眼睛和船首兩旁所畫的眼睛一樣，都看不到什麼。破曉時，他黝黑的面孔因疲倦而蒼白，而且冷得全身縮成一團，幾乎無法舒展身體休息。他無力地對費蕖說：「艾司特洛，法術風保持由西向東吹送。」講完便睡了。

太陽沒有升起，不久，雨水由東北方斜打船首。那不是暴風雨，只是冬季漫長寒冷的風雨。不一會兒，這條開放的船裡所有的東西都濕透了，縱然有他們買的焦油帆布遮蓋也沒有用。費蕖覺得自己彷彿也透濕到骨子裡；格得則在睡眠中打著哆嗦。狂暴的風挾帶著雨不停吹來，費蕖基於對朋友的同情，也可能是同情自己，企圖稍微轉移風向，但儘管他聽從格得的意志，可以保持強大穩定的法術風，他的天候術在距離陸地這麼遠的海上，力量卻很小，開闊海上的風並不聽從他的咒語。

見此，一股恐懼爬進費藁心中，他開始懷疑，要是他和格得繼續一直遠離人類居住的陸地，他們還能剩下多少巫術力量？

那天夜裡，船上再度由格得看守，整晚都保持船隻東行。天亮時，自然風不知何故減弱，太陽有一陣沒一陣地照射；但洶湧的大浪翻騰得異常高昂，使得「瞻遠」必須傾斜，爬上山丘般的浪頭，懸在山巔，繼而突然陡落，下一波浪來再爬上去，再下一波，再下一波，了無止境。

那天傍晚，費藁在長久的沈默之後開口了。「我的朋友，」他說：「有一次，你好像很肯定地說過，我們最後一定會到達陸地。我不懷疑你的遠見，但照這情況看來，那恐怕是個幌子，是你追隨的東西製造出來的騙局，誘使你前進到一般人無法航行的海洋。因為一到陌生的奇異海域，我們的力量就可能改變而減弱；但黑影卻不會疲累、不會飢餓、不會溺斃。」

他們倆並肩坐在船梁上，格得卻好像由遠處越過深淵，注視著費藁。他的雙眼憂慮不安，回答相當緩慢。

最後他說：「艾司特洛，我們很靠近了。」

聽格得這麼說，費藁明白事實如此，不由得害怕起來。但他卻把一隻手放在格得肩上，說：「嗯，那就好，那就好。」

當天晚上，仍由格得看守，因為他無法在黑暗中成眠，到第三天早上他仍然不肯睡。他們依舊不停地越海疾駛，費蕖訝於格得的力量居然能一個鐘頭接著一個鐘頭地操作強大的法術風，因為在這開闊海上，他只感到自己的力量完全削弱，不聽使喚。他們繼續前進，前進到好像連費蕖也漸漸認為格得說過的話會應驗，而他們正前往海洋的源頭之外，向日光的大門背後東行。格得在船裡保持向前，始終注視著前方。只不過，他現在不是看著海洋——或者說，不是費蕖所見，海浪濤濤直達天際的海洋。在格得眼裡，蒼茫的大海和天空被一層黑暗的幻象覆蓋遮蔽住，而且黑暗一直擴大，遮蔽一直增厚。費蕖完全看不到這景象，只有在注視朋友的面孔時，才會霎時見到那層黑暗。他們繼續前進，不停前進。雖然同一股風載送同一條船的兩個人，但彷彿費蕖藉自然風向東，而格得卻獨自進入一個沒有東方西方、日升日落、星起星沈的領域。

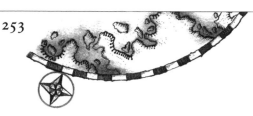

格得突然在船首站起來，出聲唸咒，法術風於是止息。「瞻遠」失去航行的方向，就像木板一樣，在澎湃的波濤上高舉又落下。自然風儘管照舊由北邊強勁吹來，但船帆卻鬆垂下來，沒有動靜。船懸在波浪上，任由海浪大幅緩慢擺動而搖晃，但未朝任何方向前進。

格得說：「把船帆降下來。」費蕖迅速照辦。格得自己則取槳安入槳座，弓身划槳。

費蕖極目四望，只見巨浪濤天翻地，他不了解為什麼現在要划槳前行。但他靜靜等候，不多時，他注意到自然風漸漸轉弱，巨浪慢慢減少；船隻起伏也愈來愈小，最後，海水幾乎靜止，船隻好像在格得有力的划槳動作下前進，水面幾乎靜止不動，就像在陸間坳谷裡。儘管費蕖看不見格得所見，但他在格得划槳的空隙之間，不斷從格得的肩膀上方看去，想知道船的前面到底有什麼。靜止的星辰下，費蕖雖然看不見那些黑暗的斜坡，但他運用巫師之眼，漸漸看到船隻四周，有股黑暗在波浪凹陷處膨脹，還看到巨浪被沙子噎住，越來越為低緩。

把開闊海變成有如陸地，若這是幻象魔術，可真神奇得教人無法相信。費蕖努力集中智力和勇氣，開始施展揭露術，他在每個緩慢音節的字間，注意這片汪洋離奇乾涸淺薄的幻象是否改變或動搖。但是什麼也變！雖然揭露術只對視覺揭露真相，不影響運作中的魔法；但或許是這個咒語在此地無效。也或許根本沒有幻象，而是他們已經到了世界的盡頭！

格得沒有注意這些，他越划越慢，並回頭瞻顧，在他看得見的海峽、礁石、沙洲之間，小心選擇路線。在龍骨拖曳下，船身也隨之震動。龍骨下是遼闊深邃的大海，他們卻觸礁了。格得拉起槳座中的槳，由於四周沒有其他聲音，那卡嗒聲恐怖異常。所有的海聲、風聲、木頭聲、帆聲都已遠離，消失在廣袤深奧、可能永世不曾打破過的寂靜中。船靜止不動；沒有一絲微風；海洋已轉為沙粒，幽暗沈靜；萬物在黑暗的天空下，在乾枯虛幻的地面上，均固定不動。極目所見，地面向四方不斷延伸，最後都聚攏在船身周圍的黑暗之中。

格得站起來，拿著巫杖，輕輕跨越船邊。費蕖以為他會看見格得跌倒，沈入那片必定潛藏在枯乾朦朧的罩紗後的大海，雖然罩紗把海水、天空、光線都隱藏起來了，但他肯定那後面是大海。但大海已不復存，格得是步行離船的，深暗的沙子在他走過的地方留下足印，而且在他的腳下小聲作響。

格得的巫杖開始發光，那不是假光，而是清晰的白色光照，很快就變得明亮異常，使格得握著耀眼木杖的手指也隨之泛紅。

他大步向前，遠離船隻，但沒有方向。這裡沒有方位，沒有東西南北，只有向前和遠離。

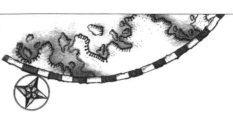

在後面觀看的費蕖眼中，格得承載的光亮宛如一大顆緩緩穿越黑暗的星星，周圍的黑暗逐漸濃黑密集。格得所見亦如是。他藉著光芒，始終望向前方。一會兒，他見到光亮的模糊邊緣有個黑影，正越過沙地向他靠近。

起初它沒有形狀，但在靠近的途中漸漸有了人的外形。那似乎是個老人，蒼白而嚴厲，朝格得走來。可是，雖然格得看這人形依稀像他的銅匠父親，但他也看得出來，這人形是個年輕人，而非老人。那是賈似珀，傲慢、俊美、年輕的臉龐，灰斗篷上有銀色扣環，步伐大而僵硬。他那怨恨的表情穿透黑暗廣布的空氣，直盯著格得。格得沒有中止向前的腳步，只是放緩步調。格得一邊向前，一邊把巫杖舉高些。巫杖更為明亮了，在手杖的光照下，賈似珀的相貌由那個趨近的形體掉落，變成了沛維瑞。但沛維瑞的臉孔腫脹蒼白，像是溺水的人，還怪異地伸出一隻手來，像在招手。雖然兩人間僅有數碼之遙，但格得仍然沒有停步，繼續向前。這時，面對他的東西整個改變，有如張開巨大的薄翼，向兩邊伸展、翻動、脹大、縮小。霎時，格得由此看出史基渥的白臉孔，接著是一雙混濁瞪視的眼睛，然後突然又變成一張他不認識的恐怖臉孔，不知是人還是怪獸，長著翻翹的嘴唇和眼睛，眼睛像果核返回幽黑的空洞中。

格得見狀，便將巫杖舉高。巫杖的光芒亮得教人吃不消，照耀出白花花、亮澄澄的光，足以逼近及挖鬆最古老的黑暗。在這片光照中，所有人形一概脫離那向格得走來的東西。那東西於是緊縮變黑，改用四隻有爪的短腳爬越沙地。但它繼續朝格得靠近，並舉起一個不成形的大鼻子，沒有唇、耳、眼。等到鼻唇眼耳都聚攏時，在巫杖白亮的法術光照中，它變成一團漆黑，奮力使自己直立。寂靜中，人與黑影迎面相遇。雙方都停步了。

格得打破萬古寂靜，大聲而清晰地喊出黑影的名字；同時，沒有唇舌的黑影，也說出相同的名字：「格得。」兩個聲音合為一聲。

格得伸出雙手，放下巫杖，抱住他的影子，抱住那個向他伸展而來的黑色自我。光明與黑暗相遇、交會、合一。

遠遠的沙地上，費蕖透過昏暗的微光畏懼地觀看，在他看來，格得好像被打敗了，因為他看到清晰的光亮減弱漸暗。這時，他心中充滿憤怒和失望，立刻跳到沙地上準備協助朋友，或與他同死。他在乾燥陸地的空蕩微光中，跑向那個微小漸弱的微光。可是他一跑，沙地頓時在他腳下沈陷，他有如在流沙中掙扎，在沈重的水流中奮進，一直到一聲轟然巨響，燦爛的日光，冬天的酷寒，海水的苦鹹又重現之後，世界恢復了，他也在湍急、真實、流動的海水中翻滾。

不遠處，船在灰茫的海浪上搖晃，裡面空無一物。費蕖看水面上沒有其他東西，洶湧的浪頭拍打水花滲入他眼中，遮住了視線。他不是游泳好手，只能盡全力掙扎回到船邊，爬進船裡。咳嗽之餘，他還設法拭去從頭髮流下來的海水；他絕望地四顧，不曉得看哪個方向才好。最後，他看到海浪中有個黑黑的東西，遠遠地就在剛才的沙中——現在是洶湧的海水。他跳到槳座，用力划向他的朋友，然後抓住格得的兩隻手臂，把他拉上船。

格得一臉茫然，兩眼呆滯，彷彿兩人什麼也沒看見，但身上看不出有任何傷口。他那枝黑色的紫杉巫杖已全無光亮，但他仍緊握在右手，不肯鬆開它。他筋疲力竭，身體濕透顫抖，一句話也沒說，只管走去頂著桅桿，縮起身子躺下，也不看費蕖。費蕖升起船帆，把船隻轉向，迎著東北風。就在航線的正前方，日落處的天空轉暗，海灣射出湛藍的光芒，新月在雲層間閃亮，至此，格得才重新看見這世界的東西。那彎角似的象牙色新月，反射著太陽光，照亮幽黑的海洋。

格得抬起臉，凝視西天那個遙遠明亮的新月。

他凝視了很久，然後起身站直，如戰士握持長劍般，以雙手合握巫杖。他看看天空、海洋、頭上方那飽滿的褐色船帆，與他朋友的臉。

「艾司特洛，」他說：「瞧，完成了，過去了。」他笑起來。「傷口癒合了，」他說：「我現在完整了，我自由了。」說完，他弓身把臉埋在臂彎裡，像小男孩般哭泣起來。

在那一刻以前，費蕖一直提心吊膽看著格得，因為他不清楚在那黑暗的沙地上，到底發生了什麼事。他也不知道與他一同在船上的是不是格得，所以一連好幾小時，他一直把手放在錨上，隨時準備鑿穿船板，在途中把船沈入海裡，不要把邪惡的東西帶回地海任一港口，因為他擔心邪惡的東西可能已借用格得的外貌和形體。這時，他看看他朋友，聽見他說話，疑慮一掃而空。而且他漸漸明白真相，明白格得既沒有輸，也沒有贏，只是以自己的名字叫出黑影的名字，藉此使自己完整，成為男子漢，一個了解整體真正自我的人。除了自己以外，他不可能被任何力量利用或占有，因此他只為生活而生活，絕不效力於毀壞、痛苦、仇恨或黑暗。那首最古老的詩歌《伊亞創世歌》說：「惟靜默，生言語；惟黑暗，成光明；惟死亡，得再生：鷹揚虛空，燦兮明兮。」費蕖一邊維持船隻向西航行，一邊把這首歌唱得響徹雲霄，冬夜的寒風由開闊海吹打兩人的背後，但歌聲在他們前方奔馳。

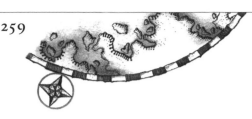

他們去時航行八天，回程八天，才頭一次看見陸地。這段期間，他們好幾次得運用法術把海水變甜，裝滿水袋；他們也釣魚，但儘管高唸漁夫咒語，漁獲還是很少，因為開闊海的魚不知道自己的真名，所以也聽不懂法術。等到沒剩多少東西可吃，只有幾小片煙燻肉時，格得想起他從爐裡偷餅時，雅柔說過，等他在海上挨餓時，會為曾經偷餅吃而懊悔。可是，肚子雖然餓，這個記憶卻使他開心。因為她也早說過，格得會與她哥哥再回家來。

法術風只載送他們東向三天，他們卻花了十六天西行返家。不曾有人像艾司特洛與格得這兩位年輕巫師一樣，在冬季休月日駕駛開放式漁船，遠航至開闊海再返回。他們回程沒有遭遇暴風雨，而是穩穩當當利用羅盤和托貝仁星，駕船取道於較去程稍微往北的航線。因此，他們不是由埃斯托威島回來，而是在看不見遠托利島和斯乃哥島的情形下，經過這兩座島嶼，這兩座島是狗皮墟島最南角的外海中，最早升起的陸地。在海浪上方，他們看見岩石懸崖突起如堡壘，海鳥在浪花上翱翔，小村藍藍的爐煙在風中飄散。

從那兒返回易飛墟島，航程就不遠了。他們在落雪前的幽靜傍晚駛入意斯美海港，把「瞻遠」這條載他們去死亡國度海岸又返回的小船繫好，穿過窄街回到巫師的家。他們踏入屋簷下的火光和溫暖時，心情非常輕盈，雅柔開心呼叫著跑出來迎接他們。

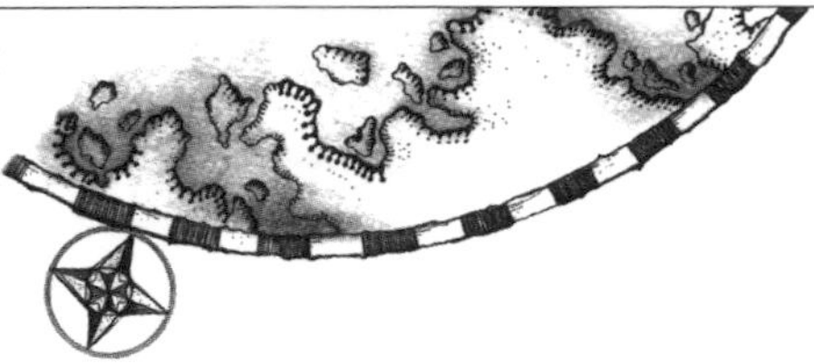

收場白

即使易飛墟島的艾司特洛信守承諾，把格得首樁卓越的事蹟編成歌謠，那段歌謠也散失了。東陲地區流傳一個故事，說有條船在無涯無底的海洋，距所有海岸數天航程的地點擱淺了。易飛墟島的人說，駕駛那條船的人是艾司特洛；托殼島的人說，是兩個漁民被暴風雨吹到遙遠的開闊海上；在猴圃島，故事則說駕船的是猴圃島的漁夫，他沒辦法把船駛離擱淺的隱形砂，所以那條船至今仍在擱淺處漂游。也就是說，這麼多年來，黑影之歌向來都只有傳說的片斷，宛如浮木般，在各島嶼間漂流。《格得行誼》中完全沒有談到那次旅程，也沒有提到格得與黑影相會的事。歌中所敘述的，都是後來的經歷，包括他航行至龍居諸嶼；從峨團古墓把厄瑞亞拜之環帶回黑弗諾島；以及最後以「舉世諸島之大法師」的身分，重返柔克學院。

■作者簡介

閱讀娥蘇拉．勒瑰恩：在多重疆界間起舞

本文標題，部分借用了娥蘇拉．勒瑰恩（Ursula K. Le Guin, 1929-）自己所寫的評論集書名《在世界邊緣起舞》（*Dancing at the Edge of the World*），因為用來形容她自己的確非常貼切。不只是因為她身跨奇幻與科幻創作兩界——確實有很多作家一手寫奇幻，一手寫科幻。當然，她在兩界都成就斐然，地位崇高，這點誠屬不易：她的奇幻代表作「地海傳說」系列，包括《地海巫師》（1968）、《地海古墓》（1970）、《地海彼岸》（1972）與《地海孤雛》（1990）等舉世矚目，名列經典，不僅創作至今三十多年來一直深受各年齡層讀者喜愛，凡探討奇幻文學或青少年文學的論文或評論，必提及「地海」的重大成就。她的科幻小說也是重量級，《黑暗的左手》（1969）與《一無所有》（1974）這兩部長篇巨著均獲星雲獎與雨果獎雙雙肯定，奠定她在科幻文學與性別議題上的地位，整體而言所獲獎項與榮耀更是不計其數。

但是，光舉出她在這兩種文類上的耀目成就，還不足以形容她的特別。很少有

作家像她這樣，除了一手寫奇幻、一手寫科幻外，還擅長寫實小說，除此之外又生出好幾隻手寫詩、寫散文、寫遊記、寫文學評論、寫童書、寫劇本，又兼翻譯，可謂樣樣精通。

這是她跨越疆界的第一種層次：跨越創作類型的疆界。

勒瑰恩不僅跨越了創作類型的疆界，還打破了主流文學的藩籬。奇幻、科幻小說，甚至包括青少年兒童文學類型，有很長一段歷史處於文學界的邊緣位置，不受重視。勒瑰恩出身學術家庭，父親是人類學家，母親是心理學家及作家，均非常關注美國原住民文化。家中時常高朋滿座，除了知名學者、研究生之外，還有許多印地安人，套句勒瑰恩母親所說的話，他們家就是「一整個世界」。在這樣富有學術氣氛的環境成長，三位兄長都成為學者，她自己則攻讀法國與義大利文學，取得文學碩士，並在大學任教。儘管如此，勒瑰恩卻選擇了大眾文學為志業。她以令人讚歎的才華在奇幻、科幻與青少年文學界奠定名聲；作品的文學性更吸引了主流文學界的注意。

以她作品為分析對象的文學評論眾多，甚至出版專書探討。舉凡「地海傳說」的成長主題與道家思想、《黑暗的左手》的敘事方式與性別議題、《一無所有》的烏托邦與反烏托邦等，皆對主流文學界產生重大影響。西方文學評論家哈洛．卜倫（Harold Bloom）在專論勒瑰恩的評論集《*Ursula K. Le Guin*》（Chelsea House, 1986）中於序言盛讚她為當代幻想文學第一人，創意豐富，風格上乘，勝過托爾金與多麗絲．萊辛（Doris Lessing），並於《西方正典》附錄中將她列為美國經典作家之一。

這是她跨越疆界的第二種層次：跨越主流文學與大眾文學的疆界。

在性別議題上，勒瑰恩也沒缺席。她可謂最早探討性別意識的奇幻、科幻作家之一，諸如《黑暗的左手》與「地海傳說」等作品中，均可看到她以女性身分對奇幻、科幻文類的反省。

於此，她再一次跨越疆界：性別的疆界。

勒瑰恩除了創作，更投入老子《道德經》的英譯注解工作，耗時四十年之久，此版本推出之後獲得相當高的評價。她並將老子思想融入創作，在一向以西方文明為骨幹的奇幻、科幻小說中，發揮東方哲學的無為、相生與均衡概念。此外，「地海傳說」中的島嶼世界（相對於歐美的大陸世界）與骨架纖細、黑髮深膚的民族（相對於西方人種的外貌），以及隱喻西方文明的侵略與破壞性格，這種「去西方中心」的敘述觀點與一般西洋奇幻文學形成強烈對比。

這是她跨越疆界的第四種層次：跨越文化疆界，脫離西方主義。

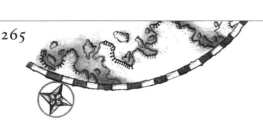

女性、青少年兒童、大眾文學與東方思想，相對於男性、成人、主流文學與西方文化，都是位於邊緣。勒瑰恩正是「在多重世界的邊緣翩翩起舞」，織就了種種意象繁複、文字優美、意蘊深厚的故事。更重要的是，她不僅要傳達深刻的理念，她還是說故事的高手，能同時兼顧閱讀趣味、文學風格和哲思議題。她的作品被翻譯為許多語言，日本當代名作家村上春樹亦特別操刀翻譯她的短篇童話「飛天貓」系列，並坦言：「勒瑰恩的文字非常優美豐富，是我最喜歡的女作家之一。」很慶幸她選擇了奇幻、科幻類型來說故事，豐富了我們的視野；更慶幸有了她的努力，邊緣文學的發聲位置終於有了流動。

像這樣一位作家，絕對值得我們認識，並且細細咀嚼。

地海巫師（地海六部曲之一）
A Wizard of Earthsea

作者　勒瑰恩（Ursula K. Le Guin ）
譯者　蔡美玲
社長　陳蕙慧
副社長　陳瀅如
總編輯　戴偉傑
責任編輯　李嘉琪
封面設計　蔡南昇
內頁排版　極翔企業有限公司

出版　木馬文化事業股份有限公司
發行　遠足文化事業股份有限公司（讀書共和國出版集團）
地址　231 新北市新店區民權路 108 之 4 號 8 樓
電話　02-2218-1417 傳真 02-8667-1891
email　service@bookrep.com.tw
郵撥帳號　19588272 木馬文化事業股份有限公司
客服專線　0800221029
法律顧問　華洋法律事務所　蘇文生 律師
印刷　呈靖彩藝有限公司
初版　2017 年 2 月
初版 16刷　2024 年 7 月
定價　新台幣 320 元
ISBN　978-986-359-339-3

木馬臉書粉絲團：http://www.facebook.com/ecusbook

國家圖書館出版品預行編目(CIP)資料

地海巫師 / 勒瑰恩（Ursula K. Le Guin）著；蔡美玲譯. -- 初版. -- 新北市：木馬文化出版：遠足文化發行, 2017.02
面；　公分. --（地海六部曲；1）
譯自：A Wizard of Earthsea
ISBN 978-986-359-339-3（平裝）

874.57　　105023221